GOBOOKS
& SITAK
GROUP©

GOBOOKS
& SITAK
GROUP©

三日月書版

三日月書版

輕世代
FW14
重生君的忙碌日常
二
一枚銅錢 著
麻先みち 繪
三日月書版

重生君的忙碌日常

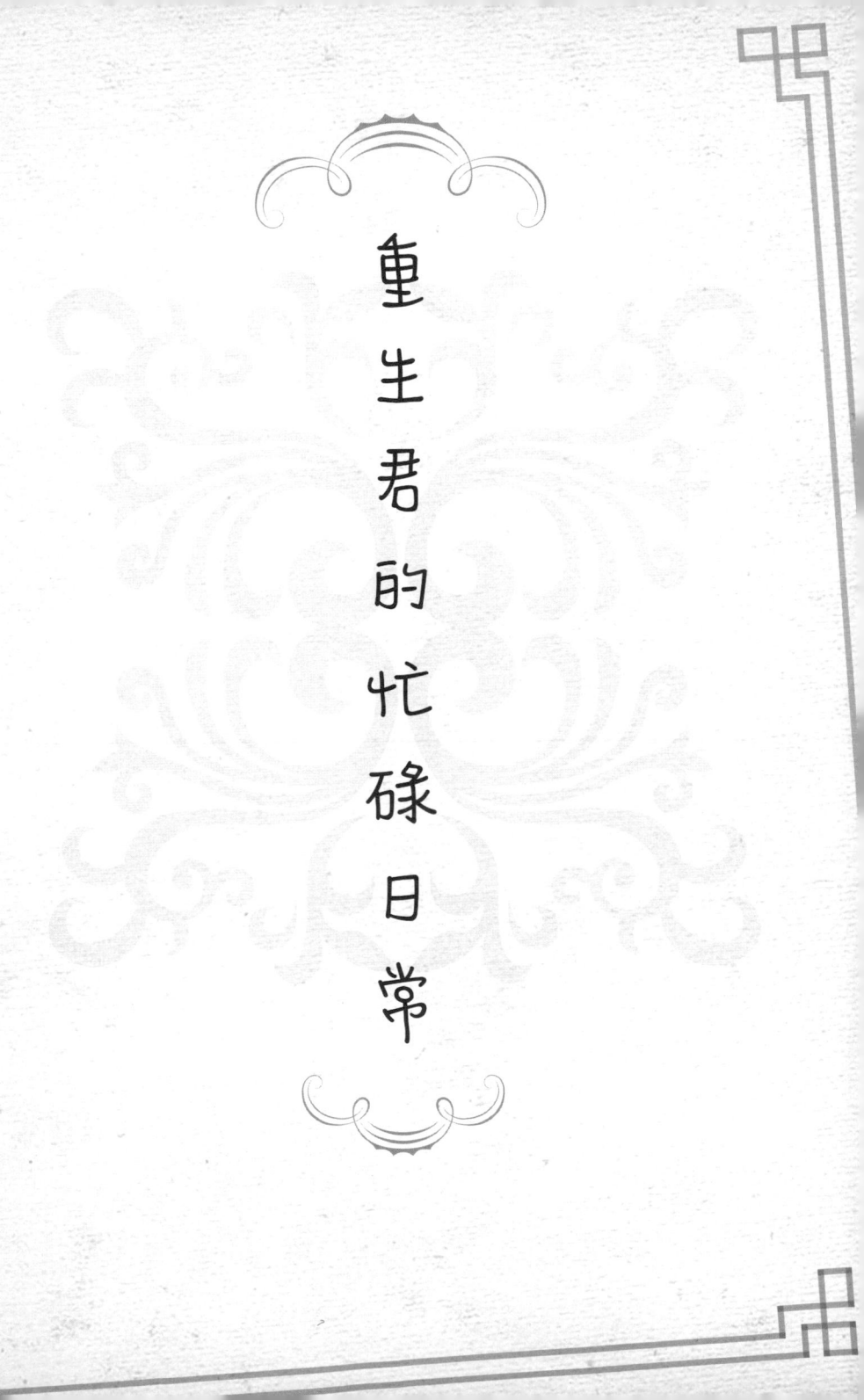

第一章 鬼王？戀人？

我驚了驚，硬著頭皮道：「冒昧打攪，請問宮門是哪個方向？」

男子回過頭，視線卻落在其他地方，我心中一驚，長得這麼好看，竟然是個瞎子？

難怪人間言十全只有九美。

見他眉頭微蹙，似在沉思什麼，卻不開口，嚇得我以為仙氣沒藏好，低頭打量自己一番，還是凡體，仙氣斂得很完美。

對方忽然揚起淺淡笑意，抬手道：「過來。」

我遲疑片刻，慢慢朝他走去，與他正面相對，總覺得他的輪廓十分眼熟，卻想不起在哪裡見過。

看著沒有焦距的眼眸，我心下軟了幾分，「那個……我是跟著別人來的，但是他突然不見了，所以……」聲音一頓，脖子被一雙無形的手扼住了。

再看那男子，身形未動，嘴唇已勾起詭異的弧度，「妳以為隱了仙氣，我便不知道妳是仙人嗎？」

我愕然地看著他，連清淵和沐音都認不出化了凡體的我，他竟然察覺得到？

這人到底是誰？

腦中倏地閃過幾幕畫面，再對上眼前滿臉戾氣的男子，啊，是鬼王沐川！

明明應該牢記心底、能閃多遠閃多遠的面孔，如今自己竟傻傻地送上門，可見我忘得有多徹底。

當年他殺我，猶如捏死螻蟻，如今也是如此。手的力道要是再大些，估計我的脖子也要被擰斷了。

沐川倚在長椅上，拿起精巧的酒杯一飲而盡，而後問道：「妳一個仙人，進我鬼域做什麼？上神老兒又想開戰了？」

脖子上的手猛地放開，我癱在地上咳著，嘴裡都能嘗到血味。我緩了緩，回道：「我是隨一個朋友進來找人，不小心迷路了。」

看到他露出的微笑，我就知道這個事實比藉口更無力。

神鬼素來交惡，換做是我，我也不信。但如果告訴他帶我進來的是清淵，找的人是沐音，他會不會怪罪他們？

剛想到這，沐川便開了口：「誰帶你進來的？又是來找誰？」

哪壺不開提哪壺……我嫌棄地白了他一眼，反正他看不見。

語塞片刻，他又笑了起來，緩緩吐字道：「不說？那就去死。」

你才去死！我驀地跳起身，幻回神體，將運在掌中的咒術放出，成百上千的花瓣化為人，張開四肢，咿呀一聲纏住他，只盼能拖住他一時半刻。

見他未動，臉上仍是那詭異笑意，看得我抖了抖身子，轉身往梨園外飛去。

平日裡我愛穿白色長袍，此時卻覺得累贅極了，若我逃脫這裡，定要換件幹練的裝束。

循著剛才進梨園的路逃去，卻見路無盡頭，梨樹拔高，無論是往上還是往前看，都是漫漫長路，看得我心下一慌，腦袋暈眩。

我咬了咬牙，試著放了幾招清除障礙的咒術，全然無用。雖然我學藝不精，好歹也是個神仙啊，被這麼困住，倒是第一次。

身後一陣熾熱逼近，我轉身一看，一道絳紫光束從心口穿過，劇痛傳遍全身，氣力盡失。

這心口，又被他戳穿了一次，上次有上神救我，這次恐怕真的完了。

身體氣力全無，往地上墜去，眸裡映滿了白色花瓣，真美。

「嘎！」就在我失去意識前，丫丫突然從袖口滾了出來，在我耳邊亂叫。

這隻笨鴨子，這時候出來做什麼，被那禽獸看到真燉了怎麼辦？我竭盡全力推牠一把，「丫丫快跑！」

事實證明，丫丫真的很笨，非但不跑，還叫得更大聲了。

要是能活下來，我還是去養隻小狗吧，至少牠不跑還能幫我咬人。

一陣腳步聲傳來，我輕輕揚起頭，只見沐川逐漸走進，蹲下身，手探了過來，顫著聲道：「宿宿。」

我悶哼一聲，差點忘了那宿宿和他曾是戀人，而我又長得和宿宿很像，想到臨死前還被誤認成來路不明的女人，心中煩亂，「我不是。」

他驀地冷笑道：「我是瞎了，但沒聾。」

……從他放在我胸上的手，就知道他是瞎了沒錯。我翻著白眼，心想乾脆將錯就錯，至少沐川看不見，也無從發現我不是真的宿宿。

「傷了哪裡？」

略顯消瘦的手落在我身上，又極快地挪開，摸向另一處，試圖找出傷處。

我氣弱道：「心。」

他神色一頓，蹙眉探手，一把扯下衣襟，手覆在胸脯上。

我咬了咬牙，若不是心口已傳來微暖真氣，我一定以為他是趁機吃豆腐。看著他臉不紅氣不喘的模樣，想必這種事他做過很多次，是不是對宿宿做的就不曉得了。

過了半晌，看著他越發慘白的臉色，我猶豫了許久，出聲道：「可以了。」

沐川輕笑，「一千年了，一點長進也沒有，連小小咒術都躲不過。」

我氣結，分明不是我太弱，是你太強了好嗎。

等他的手移到我手腕處，才微微驚異，眉頭又緊鎖了。

「怎麼只有這麼點修為？」

被你一掌拍碎魂魄，能活命就不錯了。

感覺到傷口已無大礙，我長呼了一口氣，四肢卻還很無力。

「為什麼不回答？」

我默了默，答道：「沒力氣。」

話落，就見沐川大手一撈，一把將我抱起。

他不再開口，我也不說話，就這麼靜默地往前走，聽著他平穩的腳步聲，令我昏欲睡起來。

ㄚㄚ的腳掌啪嗒啪嗒打在地上，剛才慌亂的叫聲已然停下。其實牠的主人應該是沐川，說也奇怪，如果沐川還活得好好的，沐音怎麼會說他哥哥受重傷，歸隱起來療傷了？

想來想去，我得出一個悲傷的結論——這傢伙即使受了重傷，依舊能用一根指頭戰勝我！

人生怎麼能這麼悲傷。

想得腦袋昏沉，隱隱作痛的傷口讓我無法集中思緒，還是先養精蓄銳，回去後再稟報上神。

「宿宿，宿宿。」

縹緲遙遠的聲音從雲層穿來，我抬頭看去，又是一眼陰霾。往那天穹飛去，卻穿不透烏雲，無論飛得多遠，聲音都遠得無法觸及。

從這累死人的夢境中醒來，我長嘆了口氣，已經不是第一次做這種夢了，難道本神君有未卜先知的能力，知道自己會碰上一幫把我誤認成宿宿的人？

身子一動，心口的傷又裂開了些，疼得我倒抽一口氣，任被子多輕軟，壓在上頭也有重量，我伸手拱起被子，總算舒服了些。

身旁一股溫熱之氣捲來，頓時有種不好的預感，往旁邊看去，沐川也睡在一旁，任他長得多邪魅俊美，也是男的啊，沒聽過男女授受不親嗎？更何況是神君跟鬼王？

一口血含在嘴裡，我往裡挪了挪，貼在冰冷的牆邊，想想還是不妥，準備起身下床。

剛動一下，沐川便立刻動了動身子，嚇得我縮回來，重新貼回牆邊。

沐川側轉過身，摸著位置探過來，先是碰到脖子，然後往上挪，帶著溫度的食指覆在我唇上。

這一碰，我全身都僵硬了，瞪大了眼看他，沒敢一掌拍開他的手，被非禮能活命的話，我選擇被非禮！

只是見他的臉越來越近，我終究還是忍不下去，偏頭躲開他的吻。和一個陌生男子接吻，就算對方是美男，也需要勇氣的。

沐川倒是不惱，戲謔地笑道：「怎麼不繼續裝睡了？」

我白了他一眼，反正他看不見。

「妳睡覺時，我渡了鬼氣給妳，仙人不會知道妳在這裡。」

我語塞，越發不樂意他這麼把我拽在手心裡，「神鬼殊途，即使你一時隱藏了我的仙氣，也不能真的將我留住一世。」

沐川若有所思地微皺眉頭，說道：「妳是在提醒我把妳變成鬼嗎？」

我一愣，素聞沐川霸道嗜殺，他如果說得出口，一定做得出來。

手指又在我臉上撩撥著，溫潤的氣息拂在耳邊，「妳又怕我。」

你試試被人威脅性命時能不能鎮定……一陣痛楚襲來，我趕緊道：「疼，壓著我的傷了。」

連剎那的時間都不到，他已躺了回去，良久才道：「當年妳帶天兵天將圍剿我，我都不忍殺妳，何況是現在。」

我詫異地偏頭看他，被往昔戀人帶兵圍剿？我又想起勾魂，只是被他一句分開就傷了那麼久，沐川得承受多大的痛苦？我默了許久，沒有接話。

外頭響起敲門聲時，我和沐川已陷入靜默好一陣子了。

「王，療傷的時辰到了。」

沐川頓了頓，慢慢起身，偏頭對著我道：「別離開這裡，我去去就回。」

我扯了扯嘴角，不逃就是個笨蛋，乖巧應聲道：「嗯。」

沐川笑了笑，「我在梨園下了咒，妳想逃也逃不出去。」

「……」我無比鬱悶地抱著被子，透過薄薄的屏風看著他離開。

「去書房。」

另一個聲音帶著驚訝，「書房？」

「是。」

對方沒有再異議，我轉了轉眼睛，那清脆的女聲帶著滿滿意外，他平時都在房裡療傷？

唔，療傷？

發怔了半日，我才想起我應該逃跑，而不是在這裡想這些亂七八糟的事！

我一骨碌地下了床，腿上一軟，差點沒癱坐在地上，得意忘形的結果就是忘了我的心還空著一個大洞！

捂著心往外走，看到沒半隻鬼的迴廊，我就頭疼。

清淵你個混蛋到底跑哪裡去了，被我找到的話，一定讓花花罰你跪洗衣板！

廊道迂迴曲折，一如來時那般複雜，明明看著眼熟，走了過去，卻又變成另一個地方。沐川說下了咒，看來果真如此，而且絕不是我這種蹩腳神仙能解開的，何況我還受了傷。

血腥味越來越濃，竄進鼻中難受無比。我低頭看向右手，手指都已經染紅，指縫的鮮血染在外面，觸目驚心。

身後一陣風掠過，又聽見沐川半惱怒半譏諷的聲音：「妳就這麼不想待在這裡？」

我默默想著，鬼才想待呢，乾脆裝暈過去，無視他斥責的聲音。

再醒來時，沐川已不在旁邊了，屋裡也沒有其他人，我捏了捏臉，確認自己還好好活著。

我慢慢下了床，鞋還未穿上，就聽見沐川的腳步聲從外頭傳來，我忙縮回腳，趁著他還沒繞過屏風，掀起被子重新縮回去，佯裝在睡。

床榻微陷，感覺到有人坐在一旁，聲音卻是個女的，又是帶著驚訝：「她、她還活著？」

「小聲些，只管替她療傷便是。」

「是……」

略微有些不情願，卻還是動手掀開我的衣襟，片刻又道：「王用真氣為她療傷？如今您尚且形體不定……」

只聽沐川用肅冷的聲音道：「再多說一個字就殺了妳。」

女聲一頓，萬分無奈，「她這樣叛您，您竟然不怨她。」

狠戾的掌聲落下，床榻已經輕了，大概是那女的被沐川打了一巴掌。能將一個大活人搧倒在地，得用多大力氣啊。

我聽得心裡一顫，還是……繼續裝睡，裝宿宿吧。

「我不怨她？我恨不得殺了她！」

女聲也陡然增大，「那您為什麼還要救她？現在是，以前也是，如果您沒有去救她，也不會掉進屍骨河，更不會瞎了一雙眼，身如殘廢！」

她吼得這麼大聲，就算是聾子也該醒了。我慢慢睜開眼，一臉無辜地看著他們，那女聲的主人長得很漂亮，圓眸閃著無比堅定的光芒，臉上還清晰地印著五道指痕。

我略微愧疚地看向她，她則狠狠瞪了我一眼。

沐川俯身抓著她的髮，往外拖去，絲毫沒有憐惜之色。

她立刻嘶喊道：「當初你答應過我，永世不會殺我！一界之主也準備反悔於一株小小的芍藥花嗎！」

沐川陰戾道：「我不會殺妳，我會剁去妳的四肢，讓妳在鬼林中受盡鬼氣折磨，生不如死！」

我愕然看著他，猶豫了片刻，還是上前抓住他的手腕，連求情的嗓音都抖了，「放過她吧……」

那芍藥花卻怨毒地轉過頭來，盯得我極不舒服。

沐川手猛地一鬆，抬腳將她踢出房，「滾！」

芍藥花捂住肚子，臉上青白一片，最後還是退了出去。

我鬆了一口氣，忙抽回手，這麼一抽，動到了傷口，差點沒暈過去。

沐川伸手過來，說道：「我會讓清淵給妳找個藥師。」

聽到清淵的名字，我一個激靈，「我想見見清淵。」

沐川淡淡道：「可以。」

我頓時心裡一喜。

「先把傷養好。」

……又不喜了。

被重新塞回被窩的我，聽到他離開的腳步聲，把手放在心口上，用力往下一壓，立刻疼得冷汗直流。我將溢出的血化為指甲大小的血人，渡了仙氣，說道：「快回神界報信，找人救我。」

數十個血人落到地上，滲進地面中。以心血化成的血人，力量更強，或許它們能從地下順利逃出梨園。

「嘎。」

我偏頭往床下看去，丫丫也在睡，我笑了笑，是做夢了嗎，鴨子也會做夢？我嘆息一聲，下次見了沐音，還是把丫丫還他吧，跟著我實在是太受罪，說不定哪天就沒命了。

躺在床上也沒事做，索性閉上眼繼續睡覺。

這一覺依然睡得不好，我醒來時，沐川正坐在一旁，屋內沒有點燈，看到那若隱若現的身影，倒把我嚇得不輕。

「醒了？」

一如既往的帶著傲氣和一股得理不饒人的語調，我悶聲道：「嗯。」

「給你。」

他的手探進被窩，尋了我的手，將一樣微涼圓鼓鼓的東西放在我手上，輕摁下去，還有些軟，我蹙眉道：「這是什麼？」

「血珠子。」

我驚了驚，手中力道一提，血珠頓時碎在掌中，冷意遍布全身，「你應該狠一點，把它們熬成血湯給我喝掉，才足以報復我要走的心思。」

沐川輕聲笑了笑，「我倒還不想讓妳痛恨我到那種地步。」

「我不是宿宿，我只是個普通的神君。」我無比平靜地告訴他，現在要逃已是不可能，再隱瞞下去，只是浪費時間。

如果不能反攻為守，那就破釜沉舟。

「妳是不是宿宿，我很清楚。」

「我只記得，你我第一次見面，你就一掌震碎了我的魂魄，害我修為全失。」

沐川微微一頓，「妳只記得這個？」

「是。」

他的身體忽然逼近，將我壓在床上，冷聲道：「那妳為何會帶著丫丫？」

「那是……」

「為何妳身上有我下的同心咒？」

「什麼？」

「為何妳進得來梨園？」

「我……」見他又要打斷，我忍無可忍地吼道，「能不能讓我把話說完！」

沐川瞬間靜默，答道：「妳說。」

「我……」我洩了氣，腦袋思緒亂成一團，根本不知道該說什麼，良久才道，「你放我回去，我幫你去找宿宿。」

沐川的語氣立刻認真了，「妳就是。」

我怒道：「如果我是，那你為什麼不來找我？任職後也常與鬼域打交道，為什麼你只會藏在梨園中等著我來？一千年了，你怎麼不來找我！」

說到最後，像是從心底湧出的質問，淚從眼角滑落，連我都嚇到了。

「嗯。」他俯過身，雙唇貼著我耳邊，聲音微顫，「我去找過妳，也讓很多人去找過，只是三界之中，完全沒有妳的氣息。我落入屍骨河中，尚且變成這副模樣，妳修為低於我，或許真的難逃一劫，只是沒看到屍骨，我便有不信的理由。」

我驀地頓住，因為不相信，卻又有偏向事實的真相擺在面前，所以他不踏出梨園，不但是因為體弱，也是怕真的得到那宿宿已死的消息吧。

我又想起那芍藥花所說，當年他為了救宿宿一命，一起掉落屍骨河中，可言語之間，卻沒提半句他所受的苦楚。

他是恨到想殺了那女子，可真正出現在他面前，卻又無法下手。

看到我無意識想去觸碰他的手，連忙縮回，我定是著了他的魔。

我闔上雙眼，說道：「我累了。」

「睡吧，別再想著逃走，以妳的法力，是無法離開梨園的。」

我看著他，沒好氣道：「你這麼肯定我逃不走？」

沐川挑眉，俯身落下一吻，「從認識妳開始，妳就是個仙道菜鳥。」

「……」太傷自尊了！

我別過頭，躲開他的吻，伸手抹去唇間濕潤，被人這麼正面打擊，我忍得下去才有鬼。正想反駁幾句，一對上他沒有半點神色起伏的雙眼時，又忍不住把話吞了回去。

「我累了。」

「嗯。」他跟著躺上床，攏好被子，悠悠說道，「下次睡覺再踢我，就用繩子把妳綁起來。」

自信心被沐川嚴重打擊後，沐音又遲遲沒出現，我越發不安。

晚上去溫泉沐浴，讓婢女退了下去，趁著四下無人，裹上長巾，便赤足往後山跑去。

清淡的梨花香氣縈繞在四周，卻絲毫沒有安神作用，因為能嗅到花香，就說明我還在梨園中，行了百里，雙腿已經有些軟了，卻仍未逃出去。

我嘆了口氣，索性坐下來，舒緩著氣息。

不過片刻，耳邊便傳來輕微的腳步聲，聲音帶著戲謔：「怎麼不跑了？」

我真是恨不得撲上去痛打他一頓，悶聲道：「我只是出來透個氣。」

沐川忍著笑意，蹲在前面問道：「氣順了嗎？」

「順了。」

「嗯，回去吧。」

見他的手又落在我裸露的肩上，我還未叫，他倒是先出聲了，「下次要跑，先把衣服穿好。」

話落，已取下他的長袍，將我裹住，抱在懷中，往回疾馳。

我抿嘴看了他半晌，見他跑得快了，忍不住抓緊他的衣袖，「慢點吧，小心撞了東西。」

感覺他的手一僵，我才想到話中似乎有點諷刺他是盲人的嫌疑，忙軟了聲音，「我沒有那種意思……快點也挺好。」

雖是如此，還是能感覺他的速度慢了許多，每一步都顯得小心翼翼，卻還是略帶冷意，「這裡我瞭若指掌，不會摔了妳。」

很好，又得罪他了。

風掠過耳邊，夜色寂靜，躲在寬大衣袍裡的我，卻不覺得冷。看著一縷髮絲劃過他俊美的臉上，我伸手幫他拂去，撥弄開時，我倒是愣了下。

這麼體貼的行為，說出去沒人會信！

沐川臉上微怔，忽然說道：「宿宿，以後妳就做我的眼睛，可好？」

我愣神看他，將手縮了回來，卻不能點頭，我是神君，他是鬼王，我不能做任何承諾。

意外的，沐川沒有再問。

夜涼如水，疏星點綴，卻莫名覺得有些傷感，我抽了抽鼻子，那手又將我環得緊了些。我突然想起勾魂，當年他也待我很好，可後來……

想到勾魂，我突然有些疑惑，如今沐川身上的鬼氣，意外地和勾魂屋裡的氣息十分相似。當年我因那氣息被吸引，不可抑制地喜歡上勾魂，為什麼這兩種氣息如此相像？

難道是勾魂身上沾染了沐川的鬼氣，才讓我覺得熟悉？

想想勾魂之前的態度，不是不可能……

回到房中，床已經鋪好了，沐川將我放在床上，蓋好軟被後，他倒在一側，說了一句「睡吧」，便不再說話。

我在一旁扯了扯嘴角，見他似已熟睡，小心翼翼地準備翻身下床，趁著茫茫夜色逃走。才剛邁出一隻腳，便被他抓住手腕，一對無神的眸子在窗外照入的夜色下閃著光點，令我脊背發涼，艱難咽道：「我、我想上茅廁……」

沐川抿緊薄唇，眼神雖未盯在我眼上，但還是讓我哆嗦了一下，縮回腳，正色道：「現在不想了。」

默了一會，我還在琢磨著小心思，他忽然開口道：「我會慢慢讓妳想起以前的。」

我頓了頓，說道：「我現在很好。」

他握著的手未鬆開，又側身面向我：「為什麼？」

「只要想起以前的事，就會頭疼。所以我常想，以前的我定然活得不開心，至少不會比現在開心。」我頓覺疲累，如果那些事會讓我痛苦，還是徹底忘了好。

若說只是臉像宿宿，我絕不會相信，可是聲音、ㄚㄚ、千年前失憶加起來，我似乎找不到藉口反駁了。

我是宿宿，但我不願找回以前的記憶，如果以前的我選擇忘記那些事，那我又何必再去恢復記憶，傷害自己？

沐川的氣息微沉，手心已滲出細汗，「若我告訴妳千年前的事，妳也不願聽？」

「不願！」

「不想記起？」

「不想！」

既然知道會痛苦，就讓它徹底消失吧。

又默了許久，連照入房裡的銀白月光都凝滯了般，沐川才傾過身，用力將我擁在懷中，沉聲道：「妳不記得也好，我們重新開始。」

「重新開始……」我呢喃著這句，笑了笑，「真的能開始？神鬼怎麼能在一起？」

我伸手想推開他，就算以前再愛得死去活來，現在他於我，也是完全陌生的。

「三界中，還有人間。」

我一愣，忽然想起沐音說我們曾在人間生活過，為什麼後來卻分開了？

想問的實在太多，但是知道的多了，又是個負擔。手上的力道推不開他，心口的傷還在疼著，我閉上雙眼，陷入那糾纏不去的夢境中。

早上醒來，沐川不在旁邊，房內已放好洗漱用具，我捧著溫熱的水，潑在臉上，頓時清醒了許多。

坐在梳妝檯前梳髮時，臉好像瘦了些，再低頭看丫丫，依然渾圓。

我嘴角抽了抽，又笑了起來，如果能像丫丫這樣無憂無慮就好了。嘆息一聲，抱著牠準備出門散步，既然逃不掉，就好好享受吧。

本著如此心情的我，剛推開門看到眼前的人，理智瞬間飛走了，我怒衝上去，吼道：「清淵！」

清淵一臉平靜地看著我，寒霜滿滿的眸子盯得我以為自己才是理虧的一方。其實，他扔下我不是他的錯，是我沒跟上。他過了兩三天才出現是他忙，他……反正是我錯了……

清淵說道：「王讓我拿藥過來。」

我沒好氣地接過，問道：「你是故意把我帶到這裡來的？」

「是。」完全不打算狡辯，一如既往地坦誠，雖然這種坦誠讓人不是很舒服。

我盯著他問道：「你以前見過我，也知道我是宿宿，早就計畫要將我帶進梨園？」

「是。」

我沉思片刻，無奈地問：「你們打算把我關在這裡多久？我的年假一完，神界發現我沒回去，可是會立刻找人的。」

「即便知道妳在鬼域，他們也絕不會來要人。」清淵看了看我，「他們不會愚蠢到為了一個無足輕重的人來犯。」

他這話雖然刺耳，但少了一個神君，的確不是大事，至少比兩界開戰要小得多。

我被他堵得問不出話，跟一塊冰山交流實在費勁。

「我誘妳來這裡，是為了王的病，這個病只能靠妳來治。」

聽到自己從一塊劣質玉上升成美玉，我饒有興趣地問：「喲，升級了，萬分惶恐啊。」

他不理會我的陰陽怪氣，說道：「千年前王曾因落入屍骨河中，五臟受損，雙眼全盲，修為也散了大半，但這都不是最致命的。」

我靜靜聽著，拚命告誡自己不能心軟。

他是鬼，我是神，要是生個孩子，會變成半妖的。

為了子孫後代，我得控制住。

第二章　憶往昔

我一邊胡思亂想，一邊聽他繼續說著。

「因為掉落前心氣全失，河水的怨氣浸透心臟，如果不是王的修為高，恐怕早已立刻斃命。」

這話不假，據說神鬼大戰時，死在屍骨河的神兵不勝其數，修為越低，被吞噬得越快。

「王被救上來後，五臟受損，這也是為什麼會由二王暫代王位的緣故，因為王隨時可能會入魔。妳聽聞人間女子被送入鬼域喪命的事並非是真的，她們進來時本就已經死了，只是那些女子心靈純淨，以她們的魂魄做藥引，可以緩解王體內的怨靈侵蝕，對她們的轉生並無影響。」

我愕然看他，問道：「所以說，我也要被奪魂了？」

清淵瞥了我一眼，淡聲道：「妳的魂魄並不潔淨。」

……這話聽著怎麼比被取了魂魄更難以接受？

我憤憤道：「那你找我來到底是要做什麼？」

「妳知不知道為什麼王會沒有心氣護身，被怨靈侵入？」

很好，聽到這話就知道我脫不了關係了，無奈應他：「不知道。」

「因為王去救妳時，將心氣給了妳，妳得以完好存活，王卻被怨靈侵蝕。現在怨靈越發控制不住，妳若不救，王只有死。」

我不想辯駁，也不想接話，被他清冷的眼神刺得無處可逃時，才咬了咬牙：「怎麼救？」

清淵搖頭道：「不知道。我本不想讓妳進梨園，千年前妳是禍害，如今也可能是，只是事情因妳而起，才想讓妳來試試。在妳出現的這兩日，王確實沒有發病，所以……」

「所以你要我留在這永世陪著沐川？」我詫異，驀地緊張起來，如果他說的是真的，那我豈不是慘了？雖然沐川是美男，即使曾相愛過，但我的心裡沒有留下他的一寸身影，於我來說，根本是陌生人。

這種感覺就像跟媒婆說媒，兩家訂親，收了聘禮上花轎，揭開鳳冠霞帔後便要和一個全然不識的人過一世？

「如果我非要走呢？」

「只有死路一條。」

我惱怒地把脖子往前一伸，「殺了我吧。」

見他手化冰刀毫不留情地劃來，我用手一擋，慌忙往後退去，呸！人面獸心！清淵的臉上滿是陰狠，「既然不想死，就好好留在這裡。」

我怒視他，卻找不到話反駁，直到他身形隱退，我才微微笑了笑，不能自救的話，那就被救，希望沐音能快點找來。

回屋裡敷上藥，又是一陣抽痛。

午時的鬼域最是溫暖，亭子外春意盎然，不似神界還是盛夏時節。我抱著丫丫欣賞一抹抹簇擁的花團，凝神想著梨園。

還是忘不了那天被穿心痛得墜落時，印在眸裡的漫天雪白，那時只覺得很美，世上少有的景致，也可能是因為人之將死，才能體會那種飄飛的絕美。

我嘆息一聲，從沉思中回過神，緩緩睜開眼，沐川正坐在一旁，一手托著臉頰，歪頭看我。看著那雙空洞的眼睛，我不會問他是否因救我而後悔，答案如何，對我都沒有好處，只會覺得難受。

沐川伸手過來，探到丫丫的脖子，指尖微頓，慢慢順著羽毛撫下，笑道：「跟以前一樣。」

ㄚㄚ探長了脖子，清脆地叫了一聲：「嘎。」

我噗哧一笑，真是隻通人性的鴨子，想起沐音所說，對沐川道：「沐音說，ㄚㄚ其實是公的，根本不是會下蛋的母鴨子。」

沐川神色微怔，抬頭問：「沐音見過妳了？」

見他面帶肅色，我思量了一下，回道：「嗯，之前做任務時碰到的。」

沐川若有所思地笑了笑，我心底湧起不好的預感。

「沐音以前，老纏著要妳做他的娘子，現在他已長大成人，你們又見過……」

我額上滲出汗，呵呵笑著，「童言無忌，童言無忌。」

轉頭一看沐川，仍笑得雲淡風輕，可我分明看出了「你們死定了」，但我不會讓你們這麼容易死」的樣子……

我默默祈禱，沐音……要是你發現我留下的線索，也別來救我了，我還不想慘死在你哥手上。

沐川著實是個奇怪的人，也不知是不是眼睛的緣故，每天去的地方都是那幾處，去最多待最久的，就是梨園。

開始看那梨園還覺得賞心悅目，過了三天，我就徹底厭煩了。

「又在嘆什麼氣？」

沐川伸出手，微涼的手指拂在我臉頰上，這次他總算摸準了，這兩天摸到胸口的次數不少，如果不是他一臉淡然，我還以為他是故意非禮呢。

「我在想，要是再不回神界，屋裡就要有蜘蛛網了。」

「那就安心住下，這裡不會有蜘蛛網。」

聽起來極有誘惑力，吃飽睡睡飽玩，不用做任務還有美男陪著，多美好的事。

我搖頭，重生啊重生，妳墮落了……

「宿宿，過來。」

我遲疑了一下，還是順著他的手勢湊近了些，要說悄悄話？

沐川斜躺在長椅上，剛往他身邊湊，腰便被一股力道攬住，回過神時，我已被他壓在長椅上。

我愕然，要是有人看見，我以後怎麼嫁人！

趕緊伸手邊推邊瞪他，瞪了一陣子才想起他看不見，轉而開口反抗：「放開我。」

嘶！衣襟被扯到胸前，我咬牙道：「不要讓我恨你！」

嘶！又被撕掉一塊。我不說話了，奮力捶打。

沐川眉頭緊蹙，吐字道：「惑。」

那赤紅大字映在瞳孔中，讓我腦袋恍惚了一下，手腳發軟無力，突然覺得他順眼多了，越看越覺得某個人……

「勾魂……」我輕聲喊出，雙手環住他，幽幽盯著。

唇上傳來沉重的壓迫感，溫熱的舌尖糾纏相迎，身體也越來越熱。我伸手去扒他衣服，觸到冰涼的肩胛，忍不住想用雙唇撫去那股冷意。

也不知衣裳褪了多少，猛然察覺遠處有股煞人寒意襲來，我瞬間清醒，剛睜眼，冒在額上的血紅惑字，化作煙霧消失了。

我眨了眨眼，好不容易緩過神，趕緊推開沐川，再低頭看自己，衣衫不整，幾乎裸了上身。

寒意再度襲來，我往左側一看，站在梨樹下的俊美少年，死盯著這邊，見我看去，轉身離去。

「沐音！」我恨恨看著面無表情的沐川，攏緊衣裳，「有意思嗎！那是你弟弟！」

沐川默然片刻，說道：「正因為他是我弟弟，我才不想讓他對妳有任何想法。我不會放手，也不會和他反目，只能盡早斬斷他對妳的念頭。」

我語塞，他說的沒錯，也考慮得比我多，這樣一來，我連向沐音解釋的後路也被掐斷了。如果告訴他真相，又讓他誤以為可以繼續親近我，豈不是二度傷害。

既然沒有結局，就連開始也不要有。

沐川又淡淡道：「妳以為自己下在清淵身上的咒術，能瞞過我傳給沐音嗎？」

我憤憤看他，跟這種法力變態的人打交道真是毫無隱私！不當場拆穿，便是想讓沐音過來，再演場好戲給他看。真是眼瞎心不瞎，我這雙目完好的人，竟看得比他還少。

雖能理解他這麼做的原因，也默認了這樣對沐音更好，但被人算計實在感覺很差。

沐川重新坐回長椅上，拉著我坐下，閉上眼，神色又漸趨平靜，半晌才道：「宿宿，我以為不管過了多久，不管妳遇見多少人，心裡仍會有我。原來在我不知道的時間裡，妳已經喜歡上別人了。」

最後一句幾乎成了夢囈，我看著他過於蒼白的臉，心底冒出的芒刺幾乎被軟化了。

我搖了搖頭，不行，這個男人很危險，很危險。他當初把妳魂魄拍碎時，明明那麼冷酷，沒有半點溫情啊！

我想縮回手，捂住因回憶開始疼痛的腦袋，這一扯，他又醒了過來，聲音肅清：

「妳這麼不想留下？」

我心裡罵著他，痛得抖個不停，終於見他神色一變，伸手過來，「怎麼了？」

「頭痛。」

話落下，身子又被他順勢抱進懷中，手覆在額頂，一股股暖意鑽了進來，疼痛漸漸減輕。

我舒舒服服地享受著，多希望真氣不要消失，直到睜眼看見他慘白的臉時，忙歪了腦袋，拿下他的手，「夠了，不疼了。」

沐川搖搖頭，輕笑道：「做了神仙還會頭疼，聞所未聞。」

哪條規定神仙不能頭疼的？我偷偷地翻了翻白眼。

看著他平靜的神情，很難想像他正被怨靈侵蝕著，這幾日都沒有發病，莫非真如清淵所說，我可以遏制他體內的怨靈？我抿了抿嘴，又想起一件事，說道：「我好像每次想到神鬼大戰的事就會頭疼。」

沐川數著我手指的力道一頓，問道：「妳不是只記得我把妳打落屍骨河的那一幕嗎？」

「嗯，就是想起那個。」見他蹙眉，我嘴上一快，問道，「你為什麼要傷我？」

那時的眼神，明明沒有任何感情在裡面。

沐川默了半晌，淡聲道：「大戰時，兩界惡戰，妳把我騙到樹林中，在那裡埋伏了天兵天將。」

我一愣，他極平靜地說出這句，眼眸卻漸漸殷紅，有股邪氣氤氳開來。我忙伸手撫他的眼角，感到他身體一顫，邪氣頓散。

我鬆了口氣，說道：「或許我有這麼做，但我忘了。」

「我負妳在先，妳負我也沒什麼，只是……」

只是恨到要取他性命，似乎太絕情了嗎？我咬了咬唇，問道：「你負我什麼？」

他頓了頓，闔上眼，「我當初接近妳，是化了凡體，後來回到鬼域，妳以為我死了。直到兩界開戰時，妳又看到了我。」

「就這麼簡單？」

「妳若想知道，我可以現在跟妳說。」

我腦袋一嗡，之前分明抗拒著知道，現在的自己怎麼了？我頓時清醒，起了身，果斷道：「不想，不要告訴我。」

不想知道，因為不願回到過去，也代表我不願重新接受他。他是個聰明人，自然懂我的意思。

沐川沒再說什麼，只是重新將我拉回懷中，聲音略顯涼薄：「毛毛躁躁的，這點倒沒變。」

又被嫌棄了。我撇撇嘴，換了個舒服的靠法，聞著淡淡花香，簡直要睡了過去。

「沐音知不知道你在這裡？」

「知道。」

我心一沉，「他本來就知道你沒死，只是受了傷隱居在此？」

「是。」

我忽然明白沐川要讓沐音對我死心的原因了，我和沐音見過面，卻完全不知道沐川在這裡，這表示沐音刻意隱瞞此事，打算讓我徹底忘了沐川，更有機會接受他。

這是個相當危險的警訊。

所以沐川要速速解決，唯有這樣，才能將傷害減到最低。

我沒有再說話，緊握的掌心已滲出汗來，一直覺得沐音是個單純的少年，雖然有時候會任性，卻不至於做出傷人的事，誰想他一開始，就演戲騙了我呢。

我嘆息一聲，又轉頭去看沐川，那他是不是也在演戲，事情真如他說的這麼簡單嗎？

想不透，想得心煩，索性兩眼一閉，睡了過去。

等我醒來時，還在梨園中，見沐川的衣袍上落了許多花瓣，便伸手揮開落花，抬頭一看，沐川閉著眼，胸膛平穩起伏著，似乎睡得極安穩。

這樣的人，不帶一絲戾氣時倒是很讓人心動。

輕巧細碎的腳步聲傳入耳中，我抬頭看去，一個粉衣少女站在不遠處，定定看來，水靈的雙眼帶著倔強和隱忍，還有幾分恨意。

是那株芍藥花。

我緩緩起身，看了一眼沐川，攏好衣服，慢慢朝她走去。

芍藥花有五月花神之稱，三界中成形的非常少，故十分罕見。她的臉還未完全長開，帶著些許少女的嬌媚，若是再過三百年，容貌一定勝過仙人。

花卉樹草能成體，心靈必定要至純，現在她眼裡的神色，與她的真身十分不符。

見我過來，她轉身就走，雖不知她有何意，與其背後受敵，不如正面迎戰，便耐著性子跟上。

走了半日，我懷疑梨園都快走到盡頭了，她才停下。

她轉頭掃了一眼我被沐川撕破的裙襬處，再看向我，目光充滿譏諷，「沒想到王不只不殺妳，還把妳留在身邊。」

我心裡默默嘆氣，在一個女人吃醋的情況下，想要和她講道理，根本不可能。

「妳找我過來，就是為了諷刺我嗎？」

「當然不是。」芍藥花恨恨道，「我帶妳離開梨園。」

我眼睛一亮，「妳能帶我走？」

「當然。」

「快帶路！」

我差點沒笑出聲，只見她神情意外至極，抿了抿嘴沒說什麼，便在前面帶路去了。

雖然在這裡待了這麼多天，但基本都是跟在沐川，不，被他抓在身邊當眼睛，來來去去都是固定的路線。芍藥花沒什麼繞路，直直而走，才半柱香的時間，梨花香氣越來越淡，眼前豁然開朗，總算出來了。

等看到站在前面的沐音時，我頓時有種出了狼窩進了賊窩的感覺。

沐音沒說話，眼眸光芒閃爍，跟平日很不一樣。

芍藥花先出了聲：「希望二王信守承諾。」

沐音點點頭，「如果他問起，我會一力承擔。」

芍藥花鬆了口氣，疾步返身往梨園回去。

我突然也想跟上，雖然沐川不是個好人，但至少他不會殺我。但現在看著沐音，總覺得真正危險的人，應該是他。

「宿宿。」沐音一把握住我的手腕，定定道，「我們走，王兄不能離開鬼域，出去了他就找不到妳了。」

我拉住他，問道：「你不怕他責怪你嗎？」

我不急，倒是他急了起來，「等他狂躁起來，誰也攔不住，當年妳那麼對他，他一定會殺了妳的。」

「沐音。」我掙脫他的手，「我不走。」

「為什麼？」沐音詫異道，「妳分明不記得他，為什麼要留下來？」他又急切問道，「是怕他責罰我嗎？宿宿，我跟妳一起去人間然後成親好不好？」

我微微愣神，看著他真摯的眼，心驀地急跳起來，已經很久沒遇過全心全意對我的人，只是他越是這樣，我越害怕。不想見他們兄弟反目是一，還有一點是，我不想被沐川殺死。

誰知道兄弟和女人間，他到底會選擇哪個。

我狠下心，吐字道：「不好，一點也不好。」

沐音一臉無助，許久才懨懨道：「以前妳先和王兄相識，戀上他，我無話可說。可是這次，分明是我先遇到妳，為什麼妳還是選擇他？」

我閉嘴不言，男女相戀，本就有很多機緣巧合在裡面。

「妳當真要回去？」

「嗯。」

沐音默了很久，露出強忍神情道：「我不想再見到妳，也不想再管妳，妳快點回去，不要再出來，不要讓我看到。」

我怔神看他，話雖說到這分上，但如果我真的出了什麼事，他還是會來的吧，這種脾性，到底還是個孩子。

我咬了咬牙，轉身沿著原路回去。

回到梨園，沐川還躺在長椅上，姿勢未曾變過。我拖著步子走去，又重新伏下，找了個最舒服的姿勢躺著。

過了半晌，頭上一隻手撫來，就像在安撫一隻貓，我閉眼不言，脊背卻已嚇出冷汗。

他果然知道我出去過了。如果我真的答應跟沐音走，恐怕他會立刻殺了我。

沐川說過，這梨園我逃不出去，這幾日我用盡辦法都逃不了，又怎麼可能讓一株小小的芍藥花破解。

只剩一個可能，從一開始，芍藥花就是因他的命令，才帶我去見沐音。

我暗自慶幸自己賭對了，只是想到沐音剛才的眼神，又忍不住心疼，明明最無辜的是他。

手在頭上撫著，動作很輕柔，我卻有點驚心，再這麼待下去，我可能會瘋掉。

「在梨園待得煩悶嗎？」

沐川突然出聲，將我強行從沉思中拉回，我打了打哈欠，「有點。」

「今晚帶妳去人間玩。」

我驀地問道：「你不是不能出鬼域嗎？」

說完，我還沒察覺到不對的地方，就見他似笑非笑起來，「誰告訴妳我不能出鬼域？」

我語塞，掌心涼透，腦中滑過一個念頭，我被坑了……

沐川的手順著頭上往下摸，一把握住我下巴，臉骨頓時生疼，卻不敢掙扎，耳邊已經有了惡寒的聲音：「妳以為我會相信妳真的想回來？費盡心思要逃，卻輕易放棄這個機會，我恨不得現在就殺了妳。」

聽著他沒有一絲憐惜的話語，我的心更冷，「那就殺了我吧，反正你也知道我不想待在這裡，也不喜歡你，還會讓你們兄弟不和。」

眼淚滾落臉頰時，我自己也沒想到，根本不會心疼，為什麼卻壓抑不住悲傷？

沐川收回手，掌上還有我的淚水，眼裡的殷紅起起伏伏，終於還是忍住了，輕聲道：「我怎麼會真的殺妳呢，這麼不經嚇。別再做這種背離我的事，否則我也控制不住體內的怨靈。」

他的陰晴不定真的是怨靈作祟嗎？我已不想去揣測，現在的我，極不喜歡他，想躲得遠遠的。

沐川起了身，將我抱起，說道：「換件衣服，去人間。」

我頗為意外地看著他，剛才的話並不是試探，而是真的要去人間？

我真是越發不懂他了。

從鬼域出來，看到人間紛雜熱鬧的景象，我終於確信自己還活著。

沐川的手很冷，握著的力道大得好像怕我隨時溜走，等回去梨園時，我這隻手肯定要廢了。我蹙眉看他，真想抗議，又覺得算了，萬一他體內怨靈作祟，一氣之下要回鬼域怎麼辦。

人如潮水，我往前奮力擠著，腳一路被踩，差點往前面放法術轟個大坑。轉念一想，人間我來不少次，平日裡怎麼會這麼熱鬧？等抬頭看到那懸掛高空的百盞大紅燈籠和一簇簇騰飛的煙火，我才恍然大悟，人間過年了。

想到剛才那般懷疑他，我心裡倒有些愧疚起來，回頭見他頭髮和衣裳都被擠得亂了，額上冒出點點汗珠，眉頭也微微蹙著，我抬手幫他理了理，強笑道：「我們找個地方坐坐吧。」

「好。」

並不明亮的眼眸，沒由來地讓我有種難以言喻的悲傷。

尋了個麵攤坐下，雖然窄小，卻不擁擠，見沐川還拽著我的手不放，我低聲道：「不放開怎麼吃東西？」

「我餵妳。」

老大，你別搞錯了，現在是你用吃飯的右手拉著我閒置的左手……

兩碗麵很快就來了，熱氣蒸騰，上頭覆了五、六個餛飩，香味四溢。

見他吃得費力，我忍不住道：「我不會跑的，而且難道以後每次出來，你都要這麼拽著我？」

沐川默了默，才鬆了手道：「以前妳就喜歡亂跑，我們又把氣息隱藏了，通常得花上一晚來找，找到了還不知悔改，怪我把妳當孩童看。」

我笑了笑，夾了一個餛飩給他，「補償你。」

沐川淡淡道：「雖然任性，但很單純。」

我差點沒翻他白眼，「你是想說，現在的我老奸巨猾？」

他失聲笑了笑，「難道不是嗎？」

我想了想，也笑了，「是。」

這還不是被任務上的人坑多了，看了千年世態，見了千萬種人，想不變成這個模樣都難。

我饒有興趣地問道：「以前我是什麼神君？」

沐川頓了頓，答道：「藥仙。」

我恍然一聲：「難怪了，藥仙只跟花花草草打交道，見的人少，自然也不會受世俗的人心侵襲，不諳世事也不奇怪。」我心想，難怪會被你勾搭走，現在就算是擺個絕世美男在我面前，我頂多只會看個幾眼，不會動心。

只是聽聞藥仙偶爾會去三界採藥，因此修為必須要極高，想來以前的我也是個厲害神仙。不像現在，雖然比一般神仙修為好些，但在沐川面前，還是不堪一擊。

吃麵的手驀然一頓，要是真像他說的，以前也當我是個仙道菜鳥，那他……恐怕是厲害到深不可測的地步了。

當初如果不是因為他負傷，兩界或許根本不會講和。

我咽了咽，盯著他問道：「如果……你的眼睛好了，會不會再跟神界開戰？」

第三章　長相守，亦或別離

沐川想也沒想便答：「不知道。」

我扯了扯嘴角，這個回答雖然簡短，卻毫無意義，「那當初兩界怎麼會打起來？」

沐川淡聲道：「神鬼兩界向來不和，兩界大戰也不是第一次發生。」他停頓半刻，又道，「上神老兒沒有趁我傷時再犯，派人來訂下永世互不侵犯條約，以後兩界不會再開戰。除非上神死了，或是我死了。」

上神倒是考慮周到，如果當初趁機攻下鬼域，也要耗費許多精力，而且要隨時防著反抗的人。定下契約的話，鬼域的人心存感恩，比占領好得多。

我頓時感嘆，這才是老奸巨猾呀，又抬頭看看天，沒打雷，心裡正樂著，鼻尖一動，有仙氣。

我四下看去，不見來人，但感覺越來越近。我偏頭看沐川，仍靜靜吃著麵，沒有異常。

我掙扎著逃還是不逃，求救還是放棄。

那仙氣濃郁，修為應該不低，我緊張得額頭都滲出了汗，在人間的話，沐川也不敢硬來吧。

只聽沐川忽然說道：「即使我有傷在身，神界也沒有幾個人是我的對手。」

我默默收回跨出的一隻腳，繼續吃麵，大口大口地吃，狠狠狠地嚼！麵還未吃完，又嗅到一陣……鬼氣，鋪天蓋地的冷意襲來，我哆嗦了一下，差點沒把筷子抖下來，「清淵！」

沐川冷冷道：「妳喊得倒是很熟絡。」

冤枉，你可千萬別以為我跟他有一腿。我暗暗叫苦，解釋道：「之前做任務時見過。」

沐川攏了攏眉頭，「又是任務……妳現今在神界做什麼？」

「重生君，專管世間重生之事。」

他若有所思地點了點頭，又輕笑道：「妳自己，豈不是也重生了一遍？」

我微愣了一下，他的話確實沒錯，失去記憶後的我，也算重生了。我突然懷疑起上神安排這個職位給我的用意了……在我之前，並沒有重生神君。

沐川說完這話，才問立在一旁的人：「什麼事？」

清淵說道：「時辰已過，王未回鬼域，芍藥讓我來尋。」

「多事。」

我問道：「什麼時辰？過了又會怎麼樣？」

清淵看了我一眼，冷冷回道：「梨園中的樹木都是以靈力澆灌，可以維持王的形體，如果離開太久，會如同凡人。」

還是一個看不見的凡人，實在危險。我點點頭，難怪沐川每天只在梨園裡走動。

沐川沉聲道：「再晚些，無妨。」

清淵也不再勸，忽然轉向我，立刻被他盯地冷汗直落，又哆嗦了下，轉而起身，向沐川道：「回去吧，我玩累了。」

沐川微微點頭，「好。」

我順勢挽過他的手，感覺他僵了一下，這一頓，連我也愣了愣。說怕他，的確怕的要死，但他正常時，我又忍不住親近他。

或許心底還殘留著千年前的感情，只是我自己未發現罷了。

見他嘴角有笑意，我撇了撇嘴道：「我怕別人撞了你，堂堂鬼王還要我神界小仙保護，還笑。」

沐川倒不惱，「再過幾日，或許便能看見了。」

聞言，我又朝他看去，也不知他的眼眸，會有怎樣的風華，或許和沐音很像吧。

回到鬼域，沐川便回房了，剛躺上床榻就睡著，果真是累了。

睡夢中的男子安靜美好，不帶一點戾氣，但即使熟睡，我的手腕仍被他緊緊握著，救命，要斷了……

我無奈地坐在一旁，看著他眉頭慢慢蹙起，眼睛也越閉越緊，不知是不是陷入了夢魘中。聽著他呼吸重了起來，手上力道越來越大，我吃痛一聲，搖了搖他，「沐川，沐川。」見他不醒，我俯身嚎了一聲，「鬼王大人！」

他猛地睜開眼，眸裡映照著一點銀白月光，沉聲道：「再這樣喊我，我就把妳脖子擰下來。」

我縮了縮脖子，雖然這句話嚇人的嫌疑比較大，但我還是認真道：「知、知道了，別人沒這麼喊過你嗎？」

「別人可以，唯獨妳不行。」

「為什麼……」

沐川放鬆力道，我忙抽回手，藉著窗外照入的光亮看去，都已經箍出一圈瘀青了。我沒好氣看他，腦袋一嗡，迴盪著一個聲音。

「從此以後，我和你恩斷義絕！我仍是神界小小藥仙，你還是統領一界的鬼王，再不往來！」

我抽著氣，拍了拍頭，沐川問道：「又頭疼了？」

「嗯。」

他嘆息一聲：「改天讓人看看妳是得了什麼病。」

「總會想起以前的事，想起了就頭疼。」

「知道病根，那有沒有想過怎麼解決？」沐川緩緩坐起身，又將我攬了過去，「或許知道過往，就不用陷入這種痛苦回憶中了。既然妳對以前的事沒心沒肺了，即使妳知道全部，應該也不會心疼。」

我又氣又好笑地看他，「是啊，我沒心沒肺。」

他說的似乎有道理，知道前事，就不會老是蹦出亂七八糟的回憶了。

只是心裡莫名害怕。

我窩在他懷裡想了許久，再開口時，聲音都有些抖：「那就告訴我全部吧。」

身子又被環緊了些，聽著他的心跳聲，連我都忍不住緊張，真想反悔說算了，但真相就擺在面前，忍了忍，沒有阻止他。

「千年前，神鬼兩界的關係僵持，那時的我年輕氣盛，總想著與其小打小鬥，不如開戰，那時朝中臣子也基本贊同，我便策劃著開戰的事。」

我屏著息，豎起耳朵不想漏掉一個字。

「但是神界能人不少，如果硬碰，即使鬼域得勝，也必定會死傷無數。聽聞神界的千年盛會將至，我便想著，如果能提前殺死一些神仙，開戰必能順利得勝。」

千年盛會是神界每隔千年便會舉辦一次的盛宴，那一天，廣遍天地四海的大小神仙都會齊聚。我不禁好奇，他是如何利用那次盛宴的。

「我知道在盛宴時，上神老兒會給每人服用仙丹，增進修為，而煉製仙丹的人，就是當時還是藥仙的妳。」

他這麼一說，我終於理順了我們的開始，未料竟源自於利用。我抓緊了他的衣襟，後面的事，已經能完全猜到了。

沐川的聲音平緩，默了默才接著說：「我想將妳引誘出神界，然後附在妳體內，在煉丹爐中置入屍毒。修為低的神仙吃了有毒仙丹，會昏迷許久；修為高的，會修為大減。但要讓妳露面，並不是件容易的事，於是我在人間找到了一株芍藥花。」

芍藥花為天地靈物，別說是藥仙，就算是普通的神君聽了，也會想去觀賞一番。

「我與芍藥花約定，她誘妳下來，條件是永世不殺她，將她留在身邊。人間有株成形芍藥花現世的消息立刻散布三界，妳果然出現了。」

「我化作凡人，將芍藥花養在院子中，本以為妳會來強搶，沒想到……」沐川忽然笑笑，似乎想起了什麼十分高興的事，「妳也化作凡人，不厭其煩地來敲門，買花，討花，換花。」

我汗顏三分，又想起當年追勾魂的德性，約莫能想到對沐川的死纏爛打，真是不管怎麼變，我還是我。

「妳在人間待了十日，我也終於將鬼氣滲進妳體內，準備立刻控制妳。沒想到，神界察覺了，派天兵來查，計畫失敗之下，我只能離開。半個月後，我突然想回去看看，卻發現妳蹲在門前，足足等了我半月。」

「那時正是春日，每日陰雨連綿，妳一直蹲在門口等。當時我想，世上再也找不出比妳更傻的人，我不想讓妳回神界，想將妳留在身邊，所以我讓芍藥花離開，假裝和妳一起去尋她。」

我頓時了然，難怪身為神君的我，在人間待了那麼久，也沒有天兵來捉。也難怪沐音說，我和沐川曾在人間生活過。

沐川輕嘆一氣，唇邊的溫熱氣息幾乎貼在我耳尖上，又接著說道：「千年盛會還有一月便開始了，妳急著回去煉丹，而我也在猶豫到底要不要控制妳，最後還是放棄了。後來天兵將妳帶了回去，又來徹查我的事，我想既然無法避免，那便開戰。」

「我並不清楚妳回去後發生什麼事，在開戰時，我也儘量避免和妳見面。妳身為藥仙，本不會參戰，但是那日，我卻和妳撞了正著。」

他的手撫著我的臉，輕輕滑過眉，又順著眼角滑下，「妳見到我時的愕然，我現在還記得。」

被所愛的人如此欺騙，的確會恨。

我聽到這，還未覺得痛心，但一直糾纏的回憶，已慢慢理順。

「後來我回到營帳不久，又有人傳報妳要見我，我去赴約，想帶妳回鬼域。沒想到，迎接我的，是妳安排的五萬天兵。我沒料到妳如此恨我，又因對抗天兵負了傷，一怒之下重擊妳一掌，眼看妳落入屍骨河定然會沒命，而且在我傷妳時，妳並未還手，頓時心軟了，還是決定救妳。」

我皺眉道：「如果我真的恨你，我會和他們一起圍剿你，而不是傻乎乎地等著你來殺我。」

沐川淡淡道：「誰知道妳當時在想什麼，或許，是想和我一起死罷了。」

聽完過往，我嘆了口氣，神鬼相戀這麼沒前途的事，現在沒有，以後不要有吧。

即使他是一界之主，即使他能毀天滅地，但我終究是神。

「宿宿。」沐川的聲音清冷起來，指尖從脖子處滑落在鎖骨，冷得我顫了一下，「剔除仙骨，妳就不是神仙了，留在鬼域陪我可好？」

尾音還未落下，我差點從他懷裡滾落，顫聲道：「不要。」

萬萬不能讓他動這個念頭，如果真的被剔除了仙骨，疼痛不說，永世都做不了仙人也不說，留在一個不愛的人身邊，我斷然受不了！

沐川的語調冷得更甚，「我不喜歡別人拒絕我，尤其是妳。」

「不要……」我又低聲抗議了一下，想到剔除仙骨的痛苦，就覺得生不如死，「不想我恨你的話，就別這麼做。現在的我，雖然不喜歡你，至少給我點時間，反正我都在鬼域了，你還怕我跑了嗎？」

他輕聲笑了笑，手卻不抽走，「我真的想妳了，宿宿。」

我死命推開他，往牆壁退著，憤聲道：「別過來！你要是剔除我的仙骨，我便恨你一輩子！」

沐川忽然凶了起來，滿眼殺氣，「只是要剔除仙骨，妳就恨我！當初妳要我命的時候，有沒有想過我會恨妳？我恨不得……殺了妳！」他恨聲道，「十日後，我娶妳！」

「不要！」我的耐性也被磨光了，吼道，「你能不能考慮我的感受？要是讓你娶一個陌生女子，你會答應嗎？」

「無論娶不娶，妳都要留在鬼域，那我提前給妳個名分，有何不可？」

我被他堵得說不出話，他這個邏輯……看似沒錯，實際上錯得離譜。我背過身體，捲過被子，「你要是真想成親，就找隻母雞拜堂吧，反正我不願做那種委屈的新娘子。」

看他瞪著我沒說話，約莫是被我的話嚇住了，我心裡總算好受了些。

沐川靜了片刻，又冷聲道：「是誰教你半夜窺伺兄長房間的禮數？」

我一驚，起身看向門外的影子，沐音？我低頭看向手腕，紅線浮了出來，察覺到我有危險，所以趕過來了？

他沒想到，竟會是這種危險吧……我現在就算有一千張嘴，也解釋不清了。

門外聲音淡薄，全然不像那個俊美少年所發出來的，「宿宿？」

「我在。」

我剛想下床，就被沐川攔住了，低聲笑道：「妳要以這個模樣去見他？」

我這才想起身上衣服已被他扯破，現在出去簡直是昭告天下我們發生了什麼，雖然沒有結果，過程卻引人懷疑。

「宿宿？妳……沒事吧？」

「沒、沒。」我咬了咬牙，「幫你哥敷完藥我就回去了。」

沐音似鬆了口氣，「我在外面等妳。」

沐川忽然出聲道：「你嫂子剛折騰太久，累了，我也累了。收了小孩心性，速速離開梨園。」

我臉上冒起熱度，那個折騰，實在太容易讓人想歪，而且還是兩個人累。

瞬間，門外的聲響隱沒了。

沐音啊，你到底還是沒有你哥的心機深。

沐川默了良久，說道：「沐音和妳，都是我最重要的人，我不想他受傷，也不願妳受傷。」末了又添一句，「我絕不會放手。」

那一句不肯放手，不曉得愛和恨的比例有多少。

我默不作聲，又聽他壓低聲音道：「我們成親。」

芍藥花來找我時，我正睡得昏沉，昨晚又驚又嚇，累至半夜才睡，大清早被人攪了清夢，誰能有好臉色。

「做什麼？」

芍藥花看了看我，說道：「能治癒王雙眼的藥物我已經找齊，但是還差一味藥引。」

我狐疑地看著她問：「什麼？」

「妳的心血。」

我失聲笑了笑，「妳確定妳不是在趁機害我？」

芍藥花眼裡滿是冷笑，「我果然沒猜錯，妳這種女人，怎麼可能為王犧牲自己。」

我懶得跟她辯解，準備關門睡覺，還未關上，就被一隻手擋住了。我皺眉抬頭，就見清淵那張冷臉出現在眼前，心頭咯噔一聲，瞪眼道：「你難道不知道，心血是護住神體的根本，少一滴修為都會大減。」

清淵未語，只是擋住門不讓我關上，冷戾懾人。

「每次三滴，每天一次，持續七天。」芍藥花又道，「放心，妳不會死，休息一段時間就能恢復了。」

我恨恨道：「非得是我嗎？」

「當然，當年王將心氣給了妳，妳的心血內有王的靈氣在，以妳的血來淡化怨靈導致的眼疾，是最好的。」芍藥花冷冷盯著我，逼問道，「難道妳還想讓脆弱不堪的王剖開心來取血治療？」

我倒抽一口冷氣，從心取血，不用想也知道多疼。

我定了定神，笑著道：「沐川不會讓你們這麼做的。」

芍藥花又冷冷一笑，「王或許會護著妳，但是不讓妳獻出心血的後果，就是一世眼盲。他因妳而瞎，妳難道一點也不愧疚？沒有半分想補償？」

我默然片刻，捂著還未完全癒合的心口，看著他們道：「要我取心血也不是不行，但你們要答應我一個條件，如果不答應，我現在就告訴沐川。你們也清楚他於我如何，恐怕到時他眼睛難好，你們難辭其咎，日後也沒命替他找藥方了。」

芍藥花看向清淵，見他輕點了頭，才回頭問我：「什麼條件？」

「等他眼睛復明，你們要將我安然送回神界。」

芍藥花答道：「我答應妳！」

我看向清淵，芍藥花的話雖可信，但不可靠。將我帶到這裡的是清淵，得到他的同意，我才能完全放心。

清淵沉思良久，才開口道：「好。」

我頓時鬆了一口氣，反正二十一滴血也死不了，能逃出去就好。

這個想法在芍藥花穿指入心後，我才覺得自己太天真了，劇痛瞬間蔓延全身，容不得我思考半分，就暈死過去。

暈過去那一刻，我很想舉白旗，問他們我能不能——反悔！

穿不透的霧靄，看不見河流對岸的人，我站在河邊嘶喊著，只覺被天地拋棄。

這個夢實在是太長了，長到讓我分不清是在夢裡還是夢外。

微涼的掌撫上臉頰時，我終於從夢中醒來，看著那目光淡薄、面帶疼惜的人，忍不住湧出淚，哽咽道：「我做噩夢了。」

沐川問道：「做了什麼噩夢？」

「我站在河岸邊，涉不過水，找不到船，一直喊著一個人的名字。」

指尖微頓，他問道：「誰的名字？」

「不知道。」

薄涼的唇落在眼眸下，我怔怔看他，沒有躲開。

半晌，他又道：「大婚定在下個月圓，十三天後。」

我呆愣應聲道：「嗯。」

雖說是大婚，但因對外宣稱鬼王已死，因此只是將喜宴的東西布置在梨園中罷了。參加的幾個人中，唯有花花是最正常也表現得最真心的；清淵那冰塊我連嫌棄的力氣也沒了，估計他跟花花成親也會是那張臉；芍藥花被迫做司儀，看著她擰成一團的臉，我心裡倒是有點痛快。

梨園廊道中，滿是高懸的大紅燈籠，清風一過，便見一片紛紅，我走在這片紅海下，莫名心動。

然後便心痛了。

我捂著心口，已經被抽去了九滴血，雖然不至於再暈過去，但也不好受。

再過四天，我就可以離開鬼域了。回去後，就算上神對我吹鬍子瞪眼，我也要求他弄個不用在人界、鬼域露臉的工作，每個重生任務都極有趣，我也不願割捨，但我不想再擔心受怕。

我輕輕吸氣，梨花四溢，心情總算平復許多。

沐音沒再出現，他應該知道我要嫁給沐川的消息，不曉得他現在如何。

「姐姐！」

我回過身，花花正抱著丫丫急急奔來，我伸手穩住她，笑道：「別急，慢慢說。」

花花眼中清澈明亮，「嫁衣做好了！」

丫丫也歡快地叫著：「嘎。」

我頓了一下，淡笑道：「好看嗎？」

「嗯！」

丫丫伸了伸脖子，小眼也跟花花那般透澈，「嘎。」

我啞然失笑，把牠抱了過來，撫著牠越發光潔的羽毛，哪怕是雜毛鴨子，也比別的鴨子好看多了。

「姐姐，妳不去看嫁衣嗎？」

「不看了。」我抿了抿嘴，瞇眼看她，「花花，妳覺得清淵這人怎麼樣？」

花花想也沒想就答：「清淵哥哥人很好啊。」

「哪裡好？」

花花撓撓頭，可愛的臉蛋皺成一團，「我不知道。」

我失聲一笑，伸手摸了摸她的頭，「那種好，是不是和妳塵哥哥對玉姐姐很像？」

花花眨了眨眼，小臉驀地緋紅，結巴起來，「姐姐，妳、妳不能這麼逗花兒。」

「嘿嘿。」我笑著，突然覺得還有很多事還放不下，比如日後花花讓清淵欺負了怎麼辦，丫丫被人煮了怎麼辦，還有沐音，會不會再滿天滿地地找我？

沐川眼睛好了後，是做回鬼王，還是繼續留在這梨園？

「姐姐。」花花喚了我一聲，「妳眼睛怎麼紅了？」

我揉了揉眼，說道：「風大。」

花花看著漫天飛舞的紅紗，點頭道：「嗯，風真的很大呢。」

第四章　重歸神界

梨園雖大，能見到的人，也就那麼幾個。那些婢女行動僵硬，眼眸無神，一看便知是無思維的死魂，也只有這種死魂，才不會洩漏沐川的行蹤。

她們只會做事，不會說話，走路步步沉重，因此當她們進來時，我總會知曉。

開門聲響了許久，仍未聽見腳步聲，我在木桶裡轉身，隔著雪梅屏風看去，一個人影站在屏風外，略顯孤清。

我差點沒吐出一口血，「沐川？」

「嗯。」音調淡淡，正是他。

我忍著不滿，身子潛入水下，問道：「你先出去。」

「三日沒見了。」

「人間禮數，成親前，男女不能見面。」

「人間禮數與我無關，我在意的，只有妳的禮數。」

我靜靜聽著，這話頗有遇神殺神遇佛殺佛的霸氣，如果我有顆懷春少女的心，肯定早已被他打動。

沐川沒再回答，身影消失在屏風前，我趕緊從木桶裡出來，穿上衣裳，走出屏風。本以為他走了，卻不想還站在門前，月光拂照過來，更顯得他一身銀白。

我警惕地看著他，「你還在這？」

他轉過身來，面上微帶冷意，「不想看到我嗎？」

我尷尬笑了笑，「不是。」見他近身，我驚得往後一退，腰間立刻被攬住，面上貼來，鼻尖已經快觸上，我睜大眼看他，不敢出聲。

「我只是來告訴妳，服了三天的藥，現在已經能看到些了。」

我恍然，看著他眼眸裡那抹薄弱亮色，恍然過來，「你……想看看我？」

「嗯。」沐川緊擁住我，沉聲道，「已經，一千年沒這麼看妳。」

我愣了愣，心中猛顫，不知該如何回答。

他忽然鬆開手，淡聲道：「放心，我只能看近在眼前的東西，剛才那麼遠，妳在做什麼我也不知道。」

我臉上一紅，沒好氣地想，說得這麼君子，上次把我衣服扯掉的是誰？

我伸手撫著他眼角，纖長的睫毛劃過指邊，微癢，我問道：「那藥果然有效呢。」

他點點頭，「嗯。」

看來芍藥花沒騙人，我鬆了口氣，心口疼痛又深了幾分，忍得我冷汗直落，強笑道：「我想睡了，你回去吧。」

話一落，便見他面色頓時繃緊，我顧不了那麼多，痛得幾乎直不起身，「我去睡了。」

「去吧。」沐川冷聲丟下一句，立刻隱沒了身影。

確定他的氣息消失後，我才扶著牆往屋裡走去。待會過了子時，芍藥花還要來取血，我得趁這個機會好好休息一下。

一過子時，心血又被取走了三滴，我躺在床上，連說話的力氣也沒了。

芍藥花收起手中玉瓶，說道：「聽說今天王去找妳，他沒發現不對勁吧？妳最好別再見他，也別讓他見到，否則取妳心血的事，一定瞞不過他，妳我之間的協議，也就此作廢。」

我沒力氣回答，也懶得回答。待她一走，準備起身打坐，希望能撐到取第二十一滴心血時。

沒過片刻，房內又閃來一個人影，我還未出聲，便被捂住了嘴，「噓，小聲些，不要讓我王兄聽見。」

手一放開，我便責罵道：「你不怕你哥宰了你，我還怕你哥把我宰了！快回去！」

見他不動，我又道，「別忘了，我就要做你嫂子了，你難道要逾矩嗎？」

沐音恨恨道：「以前妳也這麼說，可最後你們還是散了，一日不成親，妳就不是我嫂子！」

我被他的話堵住了，未成親，我的確不是沐川的妻子，也不是他的嫂子，不存在逾越禮數的問題。

沐音坐在床榻邊，搖著我的手道：「宿宿，妳這麼愛玩，妳真的想待在梨園一輩子嗎？我帶妳去玩好不好？不喜歡鬼域，我們就去人間。」他雙眸亮了起來，「還是我變成鴨子跟妳回神界？」

剛取完血，任何動作都會牽動傷口，我想笑，但心口又疼，只能板起臉道：「不，快點回去，我會嫁給你哥，會做你的嫂子。」

沐音一臉挫敗，默了一會又急問：「這幾日我察覺到妳有危險，是哪裡受傷了？」

我淡聲道：「沒，好著呢。」見他狐疑地湊近看，我連忙推開他，拍了拍心口笑道，「你看，我哪裡像有事的樣子。」

本以為拍得輕不會有事，疼得差點吐出血來，強忍疼痛，又笑了笑。

沐音安心下來，又拉過我的手看了看，皺眉道：「紅線明明還在，是出錯了嗎。」

「或許是吧。」我倚在床柱上，打了個哈欠，「好睏。」

「宿宿。」他似想起有事未做，「跟我走。」

我內心愁苦地看他，實在撐不住了，往床上倒去。

沐音嚇了一跳，俯身過來，臉色大變，「妳、妳怎麼一點血色也沒有！宿宿，妳傷到哪裡了？」

我想讓他小聲些，偏偏他早已出聲，等聽見門被疾風颳得吱呀作響時，我就知道事情瞞不住了。

沐川進來時，沐音剛把我抱起，見了他，憤然道：「你就是這麼照顧宿宿的嗎？你跟她朝夕相處，就不知道她受了重傷？如果你無法照顧她，我來！」

「放肆！」沐川滿身戾氣地喝道，「她是你王嫂，這點從沒變過，放下她。」

「不要！」沐音往後一退，「我要帶她走，我要娶她！」

聽他說得這麼堅定，我腦中直冒出完蛋了死定了勾搭人家弟弟要被祭河神了……

我痛苦地叫了一聲：「沐音……不要亂晃。」

沐音大駭，又警惕地看向沐川，琢磨了一陣子，還是把我放下了。剛鬆手，仍在他懷中，沐川已探身過來，一掌推開他，長袍裹來，念聲道：「隱。」

「王兄！宿宿！」

焦急的聲音中帶著一絲哭意，我心中微酸，從沐川的袍中探出頭，但見他臉色不豫，沒敢出聲。

疾奔了一會兒，實在震得我心口發痛，只好低聲道：「別顛。」看見他殷紅的眼時，心裡頓時咯噔了一下。

我死定了……

「沐川……」我哽聲叫他。

他停下步子，蹲身將我放下，眼眸又立刻湊近，幾乎要貼在臉上，「傷了哪裡？」

我看著他朱紅的眼，別過臉，「心。」

手掌貼衣附來，他蹙緊眉頭，問道：「上次的傷，不是已經好了嗎？」

「怕你擔心，所以說已經好了。」我敷衍著，心想乾脆暈在他懷裡算了。

心口上的暖流流竄得越來越急，等我察覺到哪裡不對時，已經晚了。

我猛地推開他，「你已經沒了心氣，還渡靈氣給我，真想被怨靈侵蝕？」

見他臉色慘白如紙，眼眸緊緊閉起，沉重的呼吸有種壓抑不住的煩躁，我剛想靠近，便聽他低吼道：「不要過來！」

我頓了片刻，已知他忍到極限，如果這時逃走，或許能逃出去，畢竟梨園是由他操控的，但如果放任不管，他會不會就這麼死了？

我額上冒出冷汗，痛苦掙扎一番，食指摁住心口，念了咒術，一狠心，將全部心氣取出，傳入他體內。

心氣一去，眼前立刻飄滿灰黑之氣，往我身上竄來，我拂袖一揮，喝聲：「退！」白光染身，黑氣立刻退散到三丈外。

我忽然明白，原來我進出鬼域無事，都是得益於千年前他渡來的心氣保護。所幸我還有靈氣裹身，不至於被這些小嘍囉欺負。

如果芍藥花知道心氣可取，想必她會立刻奪去，清淵也不會手下留情。把他所給的東西還給他後，心中愧疚總算少了些，我也可以安心離開了。只是失去護著我千年的心氣，修為頓時大減，恐怕連花花也打不過了。

力氣漸復，見他還未醒來，正是逃脫的好時機，我慢慢起身，一步步往外走。

梨園的路果然不再曲折迂迴，路兩旁的螢火蟲飛舞著，也是平日未見過的景致，可惜我已無暇欣賞，穿過一片螢光，花香幾乎嗅不到了。

我抬頭看去，不見一株梨樹，終於出來了。還沒笑出聲，一陣寒風襲來，冷得我狠狠哆嗦了下。

當清淵那張冷冰冰的臉出現時，我心想，本神君的運氣怎麼這麼背呀！

「往生門已關，即使妳逃出梨園，也出不去。恐怕妳還沒等到門開，王就醒了。」

我警惕地看著他，現在我就算拚盡全力，也不是他的對手。

「所以，我帶妳從另一個通道走。」

我一個抖擻，瞪大眼看他，「我沒聽錯吧？你要助我逃出去？這不是背叛沐川嗎？」

清淵淡淡地看我一眼，沒有回答。

「我信你，走吧。」

反正再怎麼被騙，最慘不過是重新被送回沐川身邊，沒什麼大不了。

清淵一指彈來，霧氣瞬間纏在我身上，「隱仙氣。」

我抿了抿嘴，跟在他背後走了許久，仍是不見鬼門，心下有些疑惑。那日從他家中進王宮，又七彎八拐地進了梨園，現在我也分不清這裡離鬼門有多遠，只能耐著性子隨他走。

一陣子後，清淵停步，轉身向我看來，眸裡仍是不近人情的冷漠，卻多了肅殺之意。

「怎麼不走了？」冷意慢慢擴散，滲入身體每一寸，我咽了咽口水，僵笑道，「剛才你一直在吧？見我從體內剝離了心氣，現在決定殺了我？」

清淵冷聲道：「留下妳，只會亂了鬼域。」

我嘿嘿笑了笑，「我要是有這麼大的本事，就不至於淪落到這種地步，讓你來欺負了。你應該很清楚我想離開的決心，鬼域這種地方，不用你說，我永生都不會想再來，你未免太過擔心了。」見他無動於衷，我定了定心，說道，「你如果殺了我，花花會很難過的。」

清淵看了我一眼，說道：「她不會知道。」

「你確定？」我瞇了瞇眼，「你大概不知道，我和花花之間下了靈犀咒吧？」

靈犀咒是彼此間有感應的咒術，既然他執意要殺我，現在也無人可救，那我唯有撒這個謊，只要能逃出去，不管是什麼謊言，都無所謂了。

從他臉上看不出神色起伏，良久沉默卻讓我燃起些許希望。

他緩緩伸手，掌心已聚起白霜，我驚了驚，被凍得無法動彈，駭然道：「你連花花也不管了？你有鬼域，有要效忠的鬼王，有大祭司的身分，但花花只有你！」

四周瀰漫著霜霧，早已看不清他的臉，是否有遲疑或不願，都看不見了。刺骨寒意擊來，我嘆了一氣，說道：「好吧，靈犀咒是騙你的。」反正都是死，我也不想讓花花知道真相。有了這句話，我想即使他對我下了毒手，在花花面前，也能偽裝得很好。

突來一陣疾風，寒冰瞬間破碎，我哆嗦地往地上倒去，一手攬來，身體已落入溫暖懷中。鼻尖聞到淡淡梨花香氣，心卻在往下沉，逃來逃去，還是逃不掉。

霧氣未散，沐川對著濃霧中的人影說：「你該死。」人影單膝跪下，沒有辯駁，沒有解釋，我嘆息一聲，扯了扯他的衣服，「饒了他吧。」

沐川冷笑一聲，低頭說道：「妳也該死。」

趕緊裝死……

回到梨園，我累得閉上眼，渾身仙氣渙散，有種灰飛煙滅的感覺。

「身子怎麼冷成這樣……」

是啊，冷死了，快給我生個火爐。

「宿宿。」

吵死了，不要叫我。

「宿宿！」

一股熱流從腹中炸向全身，我哼唧一聲，慢慢睜眼，冷意總算少了些。

我扯了扯嘴角，看著額上滲出冷汗的他，咧嘴笑道：「放我走吧，我不想待在這裡。」

他沒有答話，掌中仍在傳著靈氣，身體漸暖，我緩了緩氣道：「我已經不喜歡你了，以後也不會喜歡了。」

「妳把心氣還給我，是為了撇清關係？所以說，妳一開始就想著怎麼逃，根本不是真的想成親？」

「是。」

他忽然笑了笑，「我不會放妳走。」

「我這個模樣，在鬼域根本待不下去。」我笑著看他，「仙人怎麼可能在鬼域生存一世，不然，你再把心氣給我？」

沐川微微瞪眼，「我剔了妳的仙骨，再把妳變成鬼怎麼樣？」

我還是繼續裝死吧……

他輕笑一聲，起了身，又抱著我往回走，「不管妳怎麼樣，我都不會殺了妳，妳就使勁折騰吧。」

不聽，裝死。

「只是下次要跑，先把傷養好，才能跑得遠點，不要連門都沒出，就讓我抓回來了。」

呸，不聽！

「再不睜眼，我就把妳衣服撕了。」

我氣鼓鼓睜開眼，轉念一想又不對，詫異地看向他，差點沒從他懷裡滾落。

只是一眼，就要落進他亮如星辰的眼中，挪不開半分視線。

沐川低頭看來，步子又停了，眼裡帶著略微的不安。

我下意識伸手去觸他的眼角，顫聲道：「已經，能看得這麼清楚了嗎？」

「嗯。」他擁著我的力道又大了些。

我痴看他許久，問道：「其實你一直知道，心氣可以凝聚你的心血，幫助你控制怨靈嗎？」他未答，只是靜默站著，我咬了咬牙，「那你為什麼不在一開始就取我體內的心氣，那分明就是你的東西！」

他終於是回道：「妳是真不明白還是假不明白？」

我一愣，把視線收了回來，想要告訴我你有多喜歡我是吧。越發複雜的心情湧上心頭，腦袋立刻爆炸了。

我痛得在他懷裡抱頭打滾，耳邊傳來他急切的聲音：「宿宿！」

這一次，他再怎麼用靈氣裹住我都沒有用，雖然是疼，卻暈不過去。

這種痛楚，似乎在很久之前有過。

我掙扎著抓住他的雙臂，顫聲道：「叫真女來，叫她來。」

千年前，神鬼大戰結束後，我重傷在身，被上神扔到荒村中，照顧我病癒的，便是真女。

那時的疼痛，只有她能治，現在這種痛，和那時一模一樣。

無盡夢境，只有無盡恐懼，最可怕的是妳醒來後，竟然全忘了，連傾訴夢境的機會都沒有。

看著映入眼中的床幔，我差點驚坐起身，但身體一動，就痛得我倒抽涼氣。

還未細看，旁邊已撲來一人，哽聲道：「重生，妳終於醒了。」

我轉頭看去，阿宮淚眼朦朧，抓著我的手使勁蹭著。

「一定是我起床的方式不對，我再睡一下。」迷糊了半晌，我恍然道。

「……重生，不要讓我們鄙視妳。」

我猛地坐起身，指著站在窗邊的人道：「江湖！男女授受不親你怎麼可以趁我睡覺時跑進來？」

「我是被宮鬥君拉過來慰問妳的。」

我若有所思，沉吟道：「帶禮錢沒？」

江湖白了我一眼，「財奴！」

我哼了一聲，四下看看，小小的屋裡站了三個人，除了蹭著我手的阿宮和白我一眼的江湖，還有真女，她靜靜地在桌邊搗著草藥。

越看他們淡定的態度，我就越覺得不對勁，連沐川都將我交還神界，到底是多嚴重的傷？

我忽然想到，當沐川把我交給真女他們時，會不會很難過？這個念頭剛浮起，我便心中暗驚，竟然在意起他的感受了。

「重生，以後不要去鬼域了，找上神調職吧。」阿宮嘆氣道，「那天我們在神界，突然通天路口的侍衛報說鬼界進犯，我們趕過去時，就看到已經快虛化的妳，要是再晚點，恐怕妳連神體都維持不了。」

……這種不顧後果獨闖敵營的事，也只有沐川幹得出來，還好我沒說快去找上神，否則他還不得把神界鬧得雞飛狗跳。

見她捂著心口一臉慘白，我咧嘴笑道：「我現在不是很好嗎？」我頓了一下，若無其事地問道，「來進犯的那個人呢？」

阿宮略有困惑地看了看我，說道：「妳不知道送妳回來的人是誰？」

我避開她的眼神，答道：「不知道。」

「可是妳……」阿宮停了許久，才說道，「妳回來後，一直在喊他的名字。」

我抽了抽嘴角，看著滿屋子的人有意無意地瞥來，臉都紅了，趕緊乾咳兩聲，掩飾道：「我一定是咬牙切齒地喊他名字。」

見阿宮還要說話，我真想掀桌。阿宮妳夠了！給我個臺階下！

江湖吐字道：「重生妳的演技退步了。」

「……」

「好了，都出去吧，我替重生上藥。」

真女把兩人趕了出去，氣氛頓時靜默，我有些尷尬又有些擔心地坐在床上絞著被子，上次那樣報復了她，她會不會在敷藥時下足了力氣？

事實證明我小人了，真女上藥上得很細心，專注的神情不帶一點私心，似乎回到了千年前，她也是這麼替我敷藥，照顧半死不活的我。

曾以為我們會是一世摯友，誰想後來越走越遠。

繫上綳帶，她才終於開口：「這幾日妳一直在鬼域，還和鬼王在一起？」

我抿了抿嘴，見她神色略顯凝重，忍不住道：「我對他沒什麼，你別覺得我一面抓住勾魂不放，一面又去勾搭別人。」

她看了我一眼，垂眸替我包紮，說道：「這事以後再說，我只是感慨，無論怎麼變，妳和鬼王間的牽絆都不會斷。你們落入屍骨河時，他也是這麼抱著妳來找上神的。」

「妳到底想說什麼？」我急躁起來。

「當初妳失去魂魄，本該死了，因為他的心氣，妳得以活下來。現在妳沒了心氣，剩下的幾縷魂魄已經維持不了妳的性命，是時候把魂魄還給妳了。」

我眨了眨眼，「什麼魂魄？」

「妳應該知道自己只有神鬼大戰後的記憶，之前的記憶，都隨著魂魄一起封印起來了。現在只有將魂魄還給妳，修為才會恢復，才能幫助妳抑制體內屍毒。」

見她說得這麼嚴肅，連我也覺得事情嚴重了。

「簡而言之，你們要解封我的魂魄，然後我失去的記憶就會全部回來？」見她點頭，我問道，「當初封印魂魄，是我的意願？」

「是。」

「為什麼？」如果只是因為和自己相愛的沐川是鬼王，還是有目的地接近自己，不至於崩潰到剔除那些記憶吧。

真女靜了靜，半晌才道：「具體的事我並不知曉，只知道那年妳被帶回神界，想逃走，後來傳出凡人沐川已死的消息，妳就瘋了，求上神剔除妳的仙骨，降為凡人要去找他，被上神駁回了。再後來大戰結束，妳又找到上神，求他封印妳的記憶，幫妳取出魂魄的，就是勾魂。」

我一愣，恍然醒悟，「我的魂魄是不是就在勾魂那裡？」

真女略微有些漠然，「是，他是勾魂神君，保管魂魄這種事，只有他能做。」

我釋懷一笑，難怪當初我傷得那麼重，上神還把我扔到這種鳥不生蛋的地方，離魂太遠，是無法存活的；難怪第一次見勾魂，就覺得親近無比；難怪丫丫會那麼黏著他，因為他帶有我的魂魄。

或許勾魂正是知道我接近他不是因為一見鍾情，而是被自己的魂魄吸引過去，才那麼躲著我吧。

我受傷後，有沐川給我的心氣，連帶魂魄中也有了沐川的氣息，所以……自始至終，我在意的都是沐川。

只是後來，我真的喜歡上了勾魂，否則也不會在分開後還傷心那麼久。

「這幾日我會幫妳算天命，找到最合適的時辰幫妳回魂。」真女繫上繃帶，又說道，「出於私心，我也希望魂魄能儘快入妳體內。」

我默了默，說道：「如果我找回記憶，千年前對沐川的喜歡，或許會蓋過對勾魂的喜歡，妳就沒了我這個對手嗎？」

真女忽然冷笑，「妳真的覺得是我奪走了他？真正插足我們的，是妳！在妳失憶前，我就已經喜歡他，是妳的出現，才把我生生擠走！」

我愕然，直到真女憤然離去，一句話也說不出口。

簡直諷刺，我恨了真女這麼久，卻不想，她做的事，對我說的狠毒話，其實是因為我先毀了她或許可以相擁的情郎。

一直以為她在報復我，卻不想，是我先傷了她。

阿宮進來時，我還驚愕得說不出話，她坐在一旁默了一會，才說道：「剛才我在門外沒走……以前的事妳已經忘了，不怪妳，重生。真女性子高傲，她恨妳是必然的，但妳受傷時，她卻是最關心妳的，只是有些事還放不下吧。」

我默然，眼睛澀得發痛，真女能做女尊君，有女王般的性格並不奇怪，不屑向人解釋也不奇怪，那人前對我的好，是真的，還是假的？我想起柳半夏和白千裳，她們在經歷了人生起起落落後，為什麼還能依舊相信對方？神仙連凡人也比不上嗎，那要神君何用，成仙何用？

「重生。」阿宮抱住我，哽咽道，「別難過了，如果覺得往事太痛苦，就不要那魂魄，我把修為給妳，助妳壓制怨靈好不好？」

我怔神，一度很想接受阿宮的提議，不要魂魄，不要裂心的苦楚，寧可這麼孱弱地活著，也不想要回記憶。

思量許久，最終還是下不了決定，看著從窗臺照入的月光，才驚覺今天是月圓之日。如果我還在鬼域，應該已經和沐川成親了，不知道他現在在做什麼。

我嘆了口氣，翻來覆去地睡不著，聽見屋外有開門聲，猛地坐起身，勾魂回來了！只是現在見了面，又能說什麼？如果找回記憶，恐怕以後都無法再說上話了。

關門聲遲遲未響，我慢慢起了身，雖然不知道要說什麼，也不知道怎麼面對今後的他，還是想再見一次。

打開門，卻見勾魂正站在門前，對上我的視線，他也愣住了。

「剛、剛回來啊。」我支支吾吾地道。

「嗯。」他默了默，眉頭一如既往地微蹙，「女尊君請任務君找我回來，讓我幫妳解封魂魄。」

我點點頭，心中有些苦澀。

「重生。」他忽然開了口，「封印魂魄，需等上一千年才能徹底封住，中途本體不能有太大的情緒波動。上神告訴我時，我已經和妳在一起了，那時才剛封印魂魄沒多久，若妳再受打擊，恐怕會徹底魂飛魄散。所以……」

所以才和我分開。

原來害我等了那麼久的，是我自己，只是他不能說原因，如果說了，等於又將千年前的痛楚喚醒。

「後來得知妳跟鬼域的人有接觸，我便去請示上神，上神也終於同意讓我喚回妳的記憶，可惜……太遲了。」

真女肯定會跟勾魂說，如今我在夢中所喚的，是另一個人的名字。事已至此，他應該也明白，我們已無法再續前緣。

我含著淚，不忍再看他。

「勾魂……我曾喜歡過你，無論記憶回歸與否，無論往後如何，這點不會變。只是……也僅僅是曾……喜歡過。」

我們相對無言，錯過便是錯過，再無……可能。

第五章　走，找到當年的記憶！

真女很快就卜出了解封的日子，五天後。

看似簡單，但以往都是替凡人靈怪解封，在神界中，我是第一個。

消息傳出去後，一堆仙人跑來圍觀我，但因為我需要靜養，在阿宮的拜託下，他們一律被空空送進了異度空間裡……

我坐在院落椅子上邊曬太陽邊摸牌，看著一手爛牌直嘆氣。

穿越君說道：「快出牌。」

「不要催重生。」坐在一旁幫我夾核桃的阿宮責怪道，「她禁不得催。」

江湖耐不住性子說：「重生，太陽快下山了！」

「啊啊啊，二筒！」

牌一出，就見江湖眼眸賊亮，嘴型分明就要吐出「碰」字，宅鬥君突然道：「江湖君，你背後有人。」

江湖回頭一看，皺眉，「在哪裡?」回過身，差點暴走，「宅鬥君你怎麼摸牌了！快吐出來，你給我吐出來！」

宅鬥君眨了眨眼，「牌已經看過了，不能還回去。」

我嘿嘿笑道：「不要這麼沒牌品啊，小江湖。」

「妳贏我那麼多錢我還沒說妳！」

我撇了撇嘴，「動刀子前，讓我贏點錢嘛，要是一不小心我半身不遂了，誰養我？」

穿越君搖頭道：「說話沒分寸，只長個子不長心。」

江湖說道：「她是缺心眼。」

我齜牙咧嘴道：「你才缺心眼！」

江湖面無表情拿走我剛出的牌，「槓妳東風。」

夕陽西下，陪我打發時間的人也各自散了，五天後，他們也要幫忙壓制解封的魂魄，以免魂魄外逃。

真女說零碎的魂魄有二十多個，少一個就會少一段時間的記憶，所以這次一共會有十個神君前來困住魂魄，直到它們安然進入我的身體。

想到要被圍觀，我唯有苦笑，低頭看向胸口，那股黑氣越發濃郁。

真女來幫我換藥時，還帶了晚飯，我還未開口，她便說道：「阿宮讓我帶來的。」

我不出聲了，默默吃著晚飯，卻是嚼之無味。見她在一旁搗藥，我輕咳一聲，說道：「魂魄歸來後，我會請上神將我調任到瑤池，不會再回這裡。」

她手上動作猛頓，忽然憤聲道：「妳覺得這麼做我就會感激妳，當作什麼事都沒發生過，再變回原來那樣？」

我輕輕搖頭，對上她高傲卻隱含痛楚的眼神，緩緩道：「真女，我很清楚我們不可能再像以前那樣交心，但只要以後遇上危險，妳會來救我，我會去救妳，這就夠了。我這次離開，不是認為離開就會讓妳放鬆和開心，只是累了，想在新的地方生活。」

她神色微僵，說道：「那也不用離開啊，瓊宇宮那麼大，村落那麼多，妳換個屋子不行嗎？非要搬走，妳讓阿宮和其他神君做何感想？江湖君說妳缺心眼，果真沒錯。」

「瓊宇宮是給有神職任務的仙人住的，我拿回記憶後，定然不會做重生君了。」

「為何不做重生君？」真女的語氣陡然凌厲起來，盯得我渾身發毛，「千年前逃避，千年後又逃避，妳覺得這麼做有用？如果鬼王負了妳，為何不去剁了他？如果他有事瞞著妳，妳也該去找出真相，而不是在這裡做縮頭烏龜！當初勾魂和妳分開，妳也不去探個究竟，只知道等等等！看到你們分開，我心疼的不是妳，是他！他怎麼會喜歡妳這種縮頭烏龜，要是真的喜歡他，為何不問清楚，逃有用嗎？」

我被她嚇得抖了抖，真女素來高高在上，如今這麼失態的樣子，我從未見過。而且烏龜二字砸來，也真把我砸得頭都縮了。

偏偏她還沒教訓完，越發怒氣沖沖，「當年妳被神兵抓回天庭，上神派人去調查這件事，沐川得知後，放出死訊——他一路尋妳，在鬼林遇害。妳得知這個消息後，真的以為他死了，不敢去尋，日日躲在屋裡哭。就是因為妳的逃避，才讓你們足足分開了千年！」

我淚眼汪汪地看她，「我知道錯了，我一無是處，連石頭都比不上，我是罪人，我去蹲牆角……」

「卿宿宿，妳……」真女無奈地道，「妳真是沒心沒肺。」

沒心沒肺慣了，總想著這樣就不會受傷，實則受的傷害更大吧，只是改不了。我吸了吸鼻子，抹了淚，驀地問道：「卿宿宿？卿是凡人的姓氏吧？」

真女瞥了我一眼，又恢復高高在上的態度，「嗯，我們住在同一個靈泉裡，後來到人間修煉時，取了凡人的姓氏。」

我興致勃勃道：「靈泉？那我是什麼？魚？」

「不是。」

「泉水？」

「不是。」

我苦悶道：「難道是靈草？」見她還是搖頭，我怒道，「到底是什麼！」

真女似要憋不住了，吐字道：「石頭。」

……我的真身竟然是一塊石頭！本神君竟然是石頭！要是讓其他神君知道，非得叫我石、頭、君！

我不甘心地問她：「那妳呢？」

真女抬了抬眼眸，「棲息在靈泉裡的……」她看了我一眼，「龍女。」

這不合理啊！

我默默揩了一把淚，終於明白為什麼真女年紀輕輕，修為卻比大多數仙人都好，龍族本就是靈力強大的生物，修仙根本不費氣力。我也知曉了她的性子怎麼會這麼傲然，我卻這麼烏龜，因為她是龍，而我只是石頭！

真女輕笑一聲，見我看去，又立刻收起笑，虎著臉道：「敷藥。」

「噭……」

自從得知我是一塊石頭後，我就把院落裡的石頭都放好，它們要是有了知覺，就會是我的親戚啊！

「石頭乖，等我好了以後，每天給你們弄點靈氣，說不定哪天你們也能像本神君這樣，成為光宗耀祖的石頭神君了。」我抹去它們身上的塵土，在門前一字擺開。

一眾神君都做任務去了，唯有我在這裡無聊地曬太陽，和石頭君們閒聊。

想到沐川，我又想起真女說的，她和上神都不反對沐川娶我，要是我傷好了，為了三界和諧，上神那老狐狸該不會直接八抬大轎把我送到鬼域去吧！

我抱頭痛苦不已，他要是敢，我就……也沒辦法……

「重……生……君……」

尾音極長的聲音一出，我瞬間掉了一地雞皮疙瘩，只見瘟神君緩緩從籬笆外飄進院子，我嚇得緊貼門邊，「瘟、瘟神君，我過幾天就要動刀子了，你這時跑來做什麼！」

瘟神君笑了笑，語調依舊緩慢：「上神叫妳……過去……」

「啊？」我瞇了瞇眼，差點跳起來，指道，「怎麼會是你來傳話！嚇死我了！」

瘟神君嘆道，語速突然快了：「因為他旁邊沒有其他神君可以使喚，剛好我路過，他就把我踢來傳話了。」

我抽了抽嘴角，嫌棄道：「你這不是能好好說話嗎，平日裡幹嘛陰陽怪氣的？」

瘟神君的尾音又拖了，「因為……我是瘟神君啊……這麼說話比較陰森……」

我無語了。

送走瘟神君，我心裡盤算著，日理萬機的上神找我做什麼？該不會真想把我打包丟到鬼域去吧？

瓊宇殿坐落在東邊，每日清晨朝陽升起，便像在屋頂印了一個橙紅大餅，因此我們私底下都叫它大餅店，而上神，就是大餅神。如果讓他知道這個綽號，一定會把我們轟出去。

我抬頭看著金碧輝煌的大餅店，沒有吃早飯的胃立刻咕嚕叫了。

進了大殿，不見上神，想抓條舌頭問話，卻沒有侍衛。耐著性子等了等，還是沒半個人影，惱怒地往後殿走去，別讓我看到那老頭又在釣魚！

大餅店我沒來過幾次，只有每隔幾十年上神會召集各路任務神君，開個小會，發個獎，吃個飯，就過去了。

每次開完會，眾神君都會齊嘆，坑神啊。

後殿花園廊道迂迴，走了大概三百米，遠遠可見一處碧塘。現在正值夏季，碧水粼粼，熱意消散，水光折射在亭子上，別有一番清涼感。

我四處看了看，那坐在石頭上穿著水墨色長袍的老頭，正是上神。

慢慢走過去，只聽他不知在哼什麼曲子，雖然聽不懂，但調子倒好聽。我無聊地擺弄著手裡的玉珮，想著是不是該提醒他我來了。

「人生得意須盡歡，莫使金樽空對月。」

話音一落，手提著魚竿往上抽起，一尾紅鯉魚在空中掙扎，上神先是仰頭哈哈大笑，片刻又看著魚兒沉思，任牠往水裡逃去。

本以為會有鮮美魚湯可喝，這下美夢破碎，我怒道：「為什麼把牠放了！」

上神沉吟道：「萬物皆生靈，還是放牠一條生路吧。」

「說實話！」

「我閃到腰了……」

我滿臉嫌棄，見他揉了半天腰才舒緩過來，睇了睇眼道，「上神大人，你把我叫來，又不請我吃飯，又不給我加俸祿，難道是讓我來給你掛魚餌？」

他斜睨我一眼，「老夫像是那麼無聊的人嗎？」

「像。」

上神乾咳兩聲，放下魚竿，滿面肅色，「三日後，就是替妳解封魂魄之時，在魂魄回歸後，有個任務需要妳完成。」

我看了看四周，不見任務君，「什麼任務？」

上神瞳孔微縮，緩聲道：「妳或許不知道，千年前妳曾帶兵埋伏圍剿鬼王，但疑點實在太多。鬼王修為強大，已非一般人能比，當年數十位修為極高的仙人也未能困住他，何況只是些神兵。妳若真想殺他，又怎會做出這種毫無把握的事？」

「上神大人懷疑有人故意引我和沐川入甕，害我們決裂？」見他點頭，我蹙眉想了片刻，「你是要我在回歸記憶後，找到幕後黑手？」

「沒錯。有這等仙人在，神界不安，於妳也甚是危險。魂魄歸來時，因一世記憶過多，有部分定會被遺忘，若捕捉到那記憶，要強行記下，莫讓它逃走。」

我搖頭，「這點我不能保證。」

畢竟沒有仙人經歷過，到時會發生什麼，大家心裡都沒有底。

上神沉思片刻，說道：「也對，魂魄歸體，連性命都不知能否保住，何況是留下渙散的魂魄。」

我心一抖，真女只說過可能會不成功，沒說會丟了命啊。

我咽了咽口水，撲身哀號：「上神大人救我，我不要那魂魄了，這樣也挺好的！」

「有個辦法可以讓妳安然度過，而且不費吹灰之力。」

「什麼辦法？」

上神微微闔眼，神情盎然，「要將釋放的魂魄禁錮起來，施法者必須修為高強，還要有束縛的本領。」

仔細一想，我認識的人中似乎沒有這種能力的，撓頭問道：「上神大人明示。」

「有寒冰體魄的清淵大祭司。」

我翻了翻白眼，「他不會幫我的，我不在他的入眼範圍內。」

上神嘆道：「真是笨呀，妳以為非要去求他本人？」

我扯了扯嘴角，「該不會是要我去找沐川吧？」

「沒錯。」

大餅神你真的打算把我丟到鬼域去換取三界和平吧！根本是羊入虎口，有去無回！好不容易回到神界，我再也不想去鬼域那種地方了。

上神悠然道：「妳的魂魄回歸已成必然，若不找清淵大祭司，勝算較小。難道妳想看著其他神君耗費修為為妳重塑魂體，卻以失敗告終？難道妳不想知道當年是誰在背地裡捅妳刀子？難道妳想繼續做修為極低的仙人？」

「……我去，我去還不行嗎！」我捂著耳朵，忍住一腳踹飛他的衝動，轉念一想，哭著臉道，「上神大人，現在我修為極低，別說小仙，連把青菜也打不過啊，能不能送我個厲害的法寶防身？」

上神了然，一口應承：「確實該送。」

見他拔鬍子，我默默起身，板起臉道：「好了，不用了……」

大餅神手背一翻，一粒紅色丸子在掌心中散著紅光，「拿去吧，增加修為的好東西。」

我大喜，拿來一口吞下。

「說起來，這還是當年妳做藥仙時孝敬我的。」

聞言，我聲音抖了起來：「上、上神，這藥……過期了吧？」

上神身子一背，手往左指，「出口往右，不送。」

我無比鬱悶地捂著肚子出了大殿，心想晚上可能要拉肚子了，搖搖頭哀嘆自己真命苦。

掐指算算，我只有兩天多的時間去找清淵，不對，找沐川。他如果開口，清淵還不是手到擒來，不費力氣。聽起來簡單至極，心中仍有些不安，卻不知那股不安從何而來。

我從袖中拿出浮雲，解了它的封印。

浮雲伸了個長長的懶腰，倦意滿滿：「還以為妳要把我封印個百八十年呢。」

我一躍而上，捏了捏它道：「我休假你也休假，這種主人你上哪找。」

浮雲哼聲：「去哪裡？」

「鬼域。」

浮雲沒有多問，應了聲好，便往通天路口去。

途經翠竹林，沒有搓麻將的聲響，近來三界多事，眾神君也開始忙了。不知道人間是否還有人要重生，偏偏我現在自身難保。

咦，不對，我怎麼會想著去做任務！這不正常！

從通天路口出來，人間已是春意盎然，極為悅目。春雨綿綿，我化了傘撐著，坐著浮雲在濕潤的天地穿行。

一入鬼域，雨水全消，地面也無濕意。

我收起傘，讓浮雲往清淵府中去，梨園的路我不會走，又怕碰見沐音，想還是直接去找清淵比較安全。

一如既往地從牆進院，只見桃花紛飛，把後院襯得柔美無比，一看就知道是花花種的。

桃林中隱約傳來哼唱聲，聲音倒是很耳熟，我跳下浮雲，往深處走去。

桃樹並不高，雖是花團錦簇，但是只見花不見葉，枝幹較低矮，一路尋去，便見一個粉衣女子坐在樹枝上，擺弄著桃枝在唱歌。

我看著她的粉嫩俏臉，心情頓時大好，輕步躍到她身後，探頭在她頸項處吹了口冷風。

「啊！」

花花慌張地往前傾，我連忙伸手拉住她，反被她嚇了一跳，「是我是我。」

花花面上血色全無，差點哭出來，「姐姐，妳嚇死花兒了。」

「花花，我也差點被妳嚇壞了。」我嬉笑道，「怎麼一個人坐在這裡？」

花花未答，反問道：「姐姐，妳不是要成親嗎，怎麼走了呢？我問清淵哥哥，他不說；問沐音大人，他把我趕走了。」

「仙界有事，先回去處理了，妳看，我這不就回來了嗎？」我笑了笑，摸摸她的頭，「清淵呢？」

「不知道。」花花搖搖頭，「他說他忙，讓我自己去玩，這幾天一直往王宮跑。」

「有沒看見ㄚㄚ？」

「ㄚㄚ也不在呢。」

我明白花花為什麼會一臉苦悶了，「我帶妳去王宮玩。」

花花眼眸一亮，片刻又黯了下來，「不了，清淵哥哥讓我別進王宮。」她扯了扯我的衣袖，「姐姐，那個要和妳成親的人是誰？他跟沐音大人長得好像。」

「他是沐音的哥哥。」

花花縮了縮，「我還是比較喜歡沐音大人。」

我打趣道：「其實沐川還沒有你的清淵哥哥冷漠吧，你怎麼不怕清淵？」

「清淵哥哥才不冷漠呢。」花花把視線一收，臉唰地紅了。

我哈哈一笑，從樹上跳下，「那我們去別處玩。」

花花化了凡體，在這裡遊玩一圈，腹中餓得厲害，便拉著花花出去。沒想到我的錢在這用不了，她連錢也沒帶，一折騰下來，更餓了。

一回到府邸，就見清淵從正門出來，看到我們，神色微沉，默不作聲。

花花見了他，立刻小跑過去，步子還沒停下，便道：「好餓。」

清淵向側邊站著的人道：「準備晚飯。」

「是，大人。」

下人剛退下，他又問道：「去哪裡了？」

「和姐姐去玩了。」

「進去洗個臉再吃飯。」

「嗯。」

花花蹦蹦跳跳地進去，清淵眼裡僅存的一點溫情又消失了，看著我冷聲道：「妳又來做什麼？上次王送妳回去，被神君圍攻受了傷，妳不是最開心嗎？」

「他受傷了？重嗎？」見他冷笑，我無奈地道，「想拜託你一件事，本來上神讓我去找沐川商談，但我也不想你做的不情願。」

「說。」

「我想借助你的寒冰能力，協助其他神君困住我的魂魄，把它們全送回我體內。」

他蹙眉道：「妳的記憶，並不是丟失，而是被人封印了？」

我默了默，說道：「當年的記憶太過痛苦沉重，所以我去懇求上神幫我封印了。」

我又問道，「你認為是我想和沐川撇清關係，才封印記憶的？」

他冷臉不回答，眼神早已透漏一切，難怪他對我向來沒有好臉色。

「幫妳可以，只是要鬼王同意。」

「那我們現在去找沐川。」

「不是王。我身居要職，若要入神界，必須得到現任鬼王和內閣同意，現在掌權的是沐音大人。」

我頭又痛了，沐川的話肯定百分之百通過，沐音就完全相反了。恐怕他會覺得，若我恢復記憶，和他就註定無緣了，趁著我記憶未歸，反而還有機會。

夜幕已落，我的時間所剩不多，雖說不一定非要找清淵，但上神的話我還記得，找到那個讓我和沐川情緣盡斷的幕後黑手。

我想了想，看著他道：「如果他肯，你就願意幫我？沒有半分不願？」

很好，他又不說話了。

我盯著他半晌，終於是忍不住笑了笑，「好吧，把花花交給你，我就放心了。雖然幾次險些死於你手，但至少是個公私分明的人。」

清淵的神色依舊冷清。

見他似乎心情還好，我問道：「沐川……傷勢如何？」

默了一會，他開口道：「很重。」

看到他眼神似有探究之意，我忙別過臉，「哦。」

「若妳想去梨園，在這塊玉珮上念往生咒即可。」

話落，便見一塊晶瑩通透的玉珮朝我飛來，我伸手一接，清淵已是轉身進去，命人關上大門。

我摸著饑腸轆轆的肚子，至少讓我吃頓飯再說啊……

盯著大門許久，真的沒人出來，便決定先去梨園看看沐川的傷勢，再找沐音。

我默念往生咒，一道白光從玉中發出，白光未散，一陣花香撲鼻，沁人心脾。

好濃郁的梨花香，三界季節各不相同，梨園內又是別有洞天，好似常年花開不敗。

「藥仙？」我回過神，只見芍藥花繃緊了臉，盯著我問，「妳又來做什麼？」

我看了一眼還是凡體的自己，難怪說芍藥花是天地靈物，竟然認得出來。

「妳就當我腦袋被驢踢了吧。」

芍藥花語塞，惡狠狠地盯著我，掌中已聚起靈氣。

那氣剛起，便見一道白影閃出，寬大的袖子一揮，狂風掠過，她人已飛出廊道，重重落在三尺外地上。

沐川頎長的身影出現，緩緩道：「滾。」

芍藥花冷哼一聲，起身離開了。

我正感慨著芍藥花的百折不撓，見沐川轉身看來，心又猛跳了下。習慣了他看不見的模樣，我可以私底下做許多小動作，如今他復明，好似什麼都瞞不過了。

他緩緩走近，上下打量了一番，又微微湊近，才道：「身上有草藥味，傷還沒好嗎？」

「清淵說你受了重傷……」

他淺淡一笑，「是，我受了重傷。」

他越是如此，我就越是皺眉，「哪裡？」

「妳自己找。」

我盯著他半晌，吐字道：「被你們的大祭司騙了……」

他啞然失笑，一把將我攬進懷中，不等我反應，已在我額上印了重重一吻，「就算再來一百個神君，也奈何不了我。」

第六章　暴雨前夕

我語塞，終於明白為什麼他總說我是個小仙。

我在他懷裡挪了挪，沒掙脫，只好保持姿勢問：「你體內的怨靈徹底清除了嗎？」

「沒有，屍骨河的怨靈不可能輕易除去的。」他的聲音平淡緩和，沒有絲毫急躁，「不用擔心，現在已經能壓制了。」

我想起正事，從他懷裡退出，剛才的緊張消褪了些，說道：「當年我的魂魄不是丟失，是封印起來了，現在準備解封。」

沐川手上一僵，眼中卻有了微慍，「為什麼要把記憶封住？」

「太痛苦了吧。」

這次我沒有躲開他的眼神，如果不是這個原因，又有哪個仙人會把自己的修為全都捨去，重新開始？

沐川默然不語，良久才道：「一般來說，封印魂魄的咒術會將魂魄全部奪去，妳卻留了一個記憶。」

我驀地想起，是，還殘留了一段他將我擊落到屍骨河的記憶。

「什麼時候解封？」

「大後日。」我又說道，「要跟你們鬼域借一個人，清淵。」

沐川點頭，「他的寒冰能力能幫妳控制渙散的魂魄，我現在讓他過來，隨妳去神界。」

我皺了皺眉，「大祭司去神界，要得到鬼王和內閣的同意吧？」

「沒那麼多規矩。」

「沐音知道後會不高興吧。」

他看了看我，「不要想這麼多，無論同意與否，清淵還是會隨妳去神界，與其如此，不如一開始就不告訴他。」

雖然感覺不太對勁，但我似乎被說服了。

「要是解封時出了意外，你千萬別殺進神界來……」

他蹙眉道：「會出什麼意外？最壞的結果不過是解封失敗，魂魄盡飛，記憶修為回不來罷了。」

我扯了扯嘴角，又被大餅神騙了……等我回去，定要把上神的魚全都吃掉！

他伸手撫著我的頭，笑道：「怎麼一臉出師未捷身先死的模樣，這幾日留下來，想去哪裡，我帶妳去。」

奇怪的感覺氤氳而生，想了許久，才驀地察覺，這、這好像是見到情郎的悸動感。

本神君又迎來春天了?!

我低頭不語，臉上微微發熱起來，沐川拉著我起了步子，「去人間。」他又一笑，「終於可以光明正大地跟妳去人間了。」

我垂了垂眸，扯住他道：「如果……我恢復記憶，也重新喜歡上你了，但是卻不能在一起，不是更痛苦嗎？」

他微微一愣，手握得更緊，凝眸道：「沒什麼可以阻止我們，鬼王的位置我不會再要，我會去人間等妳，解開封印後，來尋我。」

神鬼兩界雖是宿敵，但神鬼相戀的事也並非沒有成功先例。但畢竟他是鬼王，若他復蘇的消息傳出去，恐怕那些大臣不會輕易讓他離開。

「別想這麼多，即便是天塌下來，也有我在。」

我點點頭，看著他眸中的堅定，感覺無比安心，明明記憶未歸，卻好像有了冥冥中的牽絆。

長長的廊道還未走完，就見沐音出現在前面，死盯著我們。

沐川見了他，也不鬆開手，我想掙脫，被他扭頭瞪了一眼。

我縮了縮，好吧，陪你演戲，要不要來個擁抱啊大王。

兩人對視許久，沐音才開口道：「你們要去哪裡？」

沐川淡聲道：「人間。」末了又添一句，「過幾日你嫂子的魂魄會歸來，我們會去人間定居，有空可以來坐坐。」

我默默吐了一口血，他就不怕把自家弟弟的心打擊得死在搖籃裡。

沐音繃著臉道：「王兄，我如今只是暫代王位，別忘了你才是鬼王，我不是！如今你頑疾已好，我會擇日把位置交還給你！」

沐川連正眼也沒給，「我什麼時候說要拿回了？」

「王兄！」沐音急了起來，「你不能帶宿宿去人間，不能！」

沐川眼神戾氣頓生，「她是你的嫂子。」

「她不是，她沒有嫁給你！」

沐川不答他，只是冷冷看著這個比他小上許多的胞弟，默然不語。

我立在一旁，看向沐音，雖是大人了，卻還是孩子心性。讓這樣一個少年做鬼王，即便有人輔佐，也會覺得不開心吧。

他等王兄恢復等了這麼久，結果卻得知自己要做一世的鬼王。

沐音忽然冷笑一聲，盯著我們道：「清淵已經跟我說了，宿宿妳讓他去神界幫妳回歸魂魄，好啊，我偏不答應，你們逼我如此，我也不讓你們快活！」

我一愣，沒想到他會說出這種話，「沐音……」

還未說完，他便急躁地打斷，「我不聽！休想勸我！」他又狡黠一笑，「大祭司忠心耿耿，沒有我和內閣的同意，他一定不會去。所以只有一個辦法，除非鬼王是你，王兄。」

沐川說道：「他若不去幫宿宿，她的魂魄一散，可能就會死，你想親眼看她死嗎？」

我心裡一痛，騙小孩是不好的，沐川你夠了，明明不會有事。

沐音一怔，片刻便罵道：「既然如此，為什麼你不願做鬼王，非要逼我點頭，非要將痛苦強加在我身上！」

沐川凝神半晌，說道：「我若再做了王，定然不能帶她走，那她魂魄歸來後，仍要獨留人間，兩界分離的苦楚，你無法明白。」

聽見這沉重的話，我抬頭看向他，眼裡滿是孤寂之色，頓生心疼。想到他雙眼失明，待在不見天日的梨園中千年，更是心痛。

沐音板起臉看著我們，沒有再開口。

三人都不說話，原本就寂靜的梨園，更是鴉雀無聲。

丫丫從廊道大搖大擺走過來時，看著它的無辜樣，我不知為何想哭又想笑，蹲身下去喚牠：「丫丫。」

沐音卻俯身把牠抱住，狠聲道：「他們是禽獸，丫丫跟我走！」

看著他的身影消失，我真想說，沐音……其實丫丫才是禽獸啊……

沐川長嘆一聲，我知他心裡並不好受，起身道：「即使清淵不來也沒關係，你不用想這麼多。」

沐川搖搖頭，「以沐音的個性，最後還是會同意的，他不會讓妳冒這個險。只是他越是如此，我越不安心。」

我沒問他如果沐音真的不同意時，他會不會去做鬼王來換取我的安全。那種提問毫無意義，是與否，答案都不是我想要的。如果是，就會有離別兩界的苦楚；如果不是，就會有不能全心付出的不滿。

要是有人這麼問我，我會脫鞋子扔他臉上。

人間還是沒有去成。

晚上沐浴完後，就聽一個聲音傳入耳中。

「宿宿，妳洗好了嗎？」

我看了下屋內，沒有人，沐音一直在等我嗎？要是沐川的話，想等我就該是直接闖入了。

「好了。」

「那我進來了。」

沐音從屋頂飄入，輕落在地，眼眶有些紅。我微怔，伸手想去撫他的眼，卻被他偏頭躲過，「宿宿，我會讓清淵去助妳一臂之力。」

「沐音……」

「我不希望妳受傷。」

我默然，看良久才道：「即便我真的跟你兄長去了人間，你仍是可以來的。」我打趣道，「到時給你找個人間美女怎麼樣？」

「宿宿！」沐音急了起來，「妳不懂！」看了我半晌，又重嘆一氣，「不說了，妳就是不懂。」

我苦笑。

沐音又說道：「宿宿，我可以抱抱妳嗎？等妳成親後，我就不能像以前那樣對妳了。」

我默了默，點點頭。

沐音的擁抱，小心翼翼，帶著少年的青澀。

「宿宿，像以前那樣抱抱我吧。」

以前那樣？我思索片刻，伸手輕抱住他，果真是個小少年。

耳邊印下一記微涼時，我驚了驚，再抬眼，沐音已是笑至眼底，滿目狡黠。細看過去，已成煙雲，面前只剩滿臉陰鷙的沐川。

我腿一軟，要是有人說這兩兄弟不是一個娘生的，我就用口水淹死他。

見他一言不發，轉身要走，我連忙拉住他，「你去哪？」

「我去買頂綠帽子。」

見他還能開玩笑，我忙賠笑，小命還在他手上，豈敢惹怒他，「沐音這計謀，上次你也在他面前用過，你不會被他騙了吧？堂堂鬼王大人，不要被一個少年騙倒了。」

沐川轉過身來，死盯著我，「妳叫我什麼？」

我捂住嘴，忘了他討厭我喊他鬼王大人，就算是鬼王二字也不行。

沐川怒道：「快去沐浴！」

「我洗過了……」

「再去！」

「唔……你能先出去嗎？」

「……」

再次沐浴洗白白的我，站在欄杆前看著浩瀚星海，心想我定是得罪了大餅神，否則他怎麼忍心把我送到鬼域來讓這兩兄弟折磨？

還有，以大餅神現在的態度，是只要我找到幕後黑手，就讓我和沐川在一起嗎？

曾聽瑤池上神說，在很久很久以前，上神還年輕帥氣時，曾和凡間女子相戀，離譜的是當時底下一眾神仙沒有異議，可惜碰上了神鬼大戰，上神率眾打完架回來，女子早已陽壽耗盡，轉世投胎了。因此，後來再碰上神君和凡人相戀，便不多加干涉了。

我聽完後，一陣唏噓感慨。

沐川走過來時，我立刻說道：「洗乾淨了！」

他瞥了我一眼，「真的？」

「真的！」

他的臉色才稍微好了些，問道：「在想什麼？」

聽他語調平和，沒有生氣的跡象，我才說道：「這次要拿回記憶，其實還有一個很重要的原因，不，很重要的任務。」

他淡淡問道：「什麼？」

我想了想，先問道：「你真的相信當年是我派人潛伏在那裡剿殺你的嗎？」

他神色一頓，淡薄的眸子看向我，「為何突然問起這個？」

「上神猜測，有人在從中挑撥我們，那些人並不是我埋伏在那裡的。拿回記憶的話，或許可以找到那個人。」

沐川忽然笑了笑，一臉釋懷，「是妳又如何，不是又如何，我已不在意。」

「我在意。」我絞著手指，垂眸道，「雖然我也不知道自己在在意什麼。」

「何必放不下，總記在心裡，太累了。」

我有些好奇又羡慕地看他，他果真是個坦蕩之人，如果我被心愛的人痛下殺手，恐怕早就難過死了。就像……哪怕是記憶全封，還是封不住他差點一掌拍碎我魂魄的事。

「這次進鬼域，沒有不適嗎？」

我深吸了幾口氣，搖頭道：「沒有。來之前上神給了我一粒藥，吃下去靈氣在體內四溢，應該是它的緣故。」我又微微得意起來，「那顆靈藥是千年前的我煉製的。」

沐川笑了笑，沉吟道：「看來我很快會有個好大夫了。」

我也隨他笑了起來，腦中卻閃過那柔美女子的身影，問道：「那芍藥花呢？」

他頓了半刻，說道：「日後再看。」

沐音最後還是讓清淵隨我去神界了，只是他沒出現，讓花花傳話給我，如果想要回丫丫，解封後就來鬼域找他要。

我苦笑，這是怕我一去不復返嗎？

一眾人中，最為開心的莫過於花花，她以為清淵是跟我去神界玩，一直吵著要去，如果告訴她真相，恐怕她就笑不出來了。

這頭繃著臉未點頭，花花便搖著清淵的手嘰嘰喳喳，相比前面，走在後頭的我和沐川就沉默多了。

以我現在的想法，記憶和修為歸來與否，都沒太大的期盼，現在這個模樣也未嘗不好。我默默嘆氣，先開了口：「當初你在樹林見了我，見了伏兵，我有說什麼話嗎？」

他蹙眉道：「怎麼又問起這個？」

我抿了抿嘴，說道：「如果真的有人讓我去樹林，又讓人帶話給你，那個人必定是我認識的吧，才會讓我毫無所想地去那裡。」

「妳想知道是誰？」沐川淡淡道，「若真有那人，他如此害妳，妳還替他著想，我倒是懶得罵妳了。」

我嘆氣道：「這一千年來我活得好好的，說明那人不是真想要我性命，或許只是一時迷了心竅。」

沐川沉聲道：「既然如此，我可以告訴妳，妳與那人必定熟識。」

我一愣，「為什麼？」

「因為伏兵出來時，我曾厲聲責問妳，但妳當日的神情，又驚又傷，既不解釋，也不逃走。」

他話說完，我已然明白。

如果只是普通人來傳話，當時的我定會立刻解釋，但什麼都沒說，代表我未曾想到那人會害我，也不想去辯解，因為一旦辯解，那人必定會死。

理由只有一個，那個人我不僅認識，還是熟人。

藥仙常來往於瓊宇宮和瑤池兩地，認識的神君沒有上千也有上萬，其中交情甚好必定很多。只是後來失憶，又住得偏遠，來往甚少，感情也淡薄了。

所以就算沐川這麼說，我暫時也猜不出是誰。

「把潛在的隱患除掉，不是很好嗎？」沐川笑了笑，「我本來不在意妳是否能拿回魂魄，現在我在意了。」

我笑也不是，不笑也不是，乾脆什麼話也不說了。

往生門近在眼前，黑壓壓的雲層環繞在上，不見消散。

快要邁出大門時，手忽然被拉住，我身子一頓，回頭看他，眸裡依舊涼薄，聲音平緩：「我等妳。」

原本平靜的心，似炸開了一股暖意，直沖鼻尖，我哽咽著點點頭，「嗯。」

手上溫度離去，突然有些害怕，即使他說解封失敗也無礙，卻覺得很不安。

一旦得到了什麼，就會害怕失去吧。

「我……」話想說出口，花花已撲了過來。

「姐姐，花兒也想去神界玩，去找塵哥哥和玉姐姐。」

我收了口，轉向花花，笑道：「他們在瑤池，瑤池離我住的地方很遠很遠，下次我親自帶妳去好不好？」

花花一聽很遠，沒再纏我，點頭道：「嗯。」

喚來浮雲，我嘆了口氣，裹緊身上的衣服，看了看旁邊的清淵，哆嗦道：「我能不能跟你說件事。」

清淵沒理我。

我乾咳兩聲：「要是我這次出了什麼意外，你要照顧好花花，不許罵她，不許欺負她，不許扔下她。最好現在開始給她找伴玩，否則你忙起來丟下她一個人，她又得坐在院裡發呆了。還有……」

我嘮嘮叨叨了一頓，見他一直不答，也不管他是否聽入進去，自顧自地說著。

等我停了下來，他才終於回道：「只是解封魂魄，會有什麼意外。」

「我說如果嘛。」嘴上這麼說，心裡卻甚是無奈。

若真如我所料，這次的解封絕不會太順利，幕後人深怕暴露，定會想法子破壞，竭力不讓對方恢復記憶。至於是用什麼法子，我無從得知，或許無事，或許輕傷，抑或是，喪命。

還未到通天路口，裡頭便蹦出十個神兵，警惕地看向清淵。

我忙飄了過去，拿著通行玉牌道：「我奉上神之命，請鬼域中人前來相助，還望行個方便。」

看了玉牌後，神兵才放行。

才行了十幾步，便見真女急急迎來，冷著臉道：「妳還知道回來？」

我笑了笑，「雖然有些晚，我這不是回來了嘛。」

她看見清淵，微微點了點頭，聲音不急不緩：「宿宿一事，勞煩鬼域大祭司了。」

「奉命行事罷了。」

清淵面無表情，果然他眼裡除了花花和鬼王，看誰都是木頭，連神界第一美女也被徹底木頭化了。

真女又朝我看來，「去神壇。」

「嗯。」

本來心情很放鬆，大不了是一死，但是看到一個個熟識的人面上帶著的肅色，我要是再不緊張，就太沒心沒肺了。

數了下，如果加上真女，一共有十位神君。勾魂、阿宮、空空、江湖、宅門君、穿越君、任務君、瘟神君，還有我最愛的元寶大叔，財神君。

從他們面前走上神壇時，我差點都忘記路怎麼走了，簡直比領神界年度獎時更跟蹌。見他們臉上繃得光亮，我咽了咽道：「你們能不能輕鬆點，我快緊張死了。」

穿越君抽了抽嘴角，「重生君，妳講點良心。」

瘟神君嘿嘿笑道：「大祭司……不是說……她的心破了個……洞嗎……」

任務君板起臉道：「傷好了後，記得來我這領一百個任務。」

我哀嚎，把財神君的元寶奪了過來，使勁蹭著，財運也是運的一種嘛。

財神君跟我搶著元寶，淚眼道：「重生，妳現在需要的是運氣，不是財氣，把元寶還來。」

「不給不給，要是我不幸魂飛魄散了，希望轉世投胎時也能把財氣帶進輪迴道。」

宅門君吐字道：「不會的，重。」

江湖拍了拍我的肩膀，「姑娘，未來是美好的，不要這麼垂頭喪氣。」

阿宮也在一旁淺笑道：「重生，我準備了很多好吃的，妳一定要努力挺過來。」

我一一應聲，把元寶還給財神大叔，看了看勾魂，見他面色平靜，眼裡仍是千年不變的寂涼之色。

我收起視線，深吸一氣，笑道：「我會平平安安回來的！」

真女默了片刻，向眾人道：「照剛才說的，站定後便開始吧。」她又面向清淵，「請大祭司站在東南方，魂魄將會在那裡釋放。」

清淵不多言，身形一動，人已站在神壇東南方的位置。

我在中間坐定，面向東面，真女在我正對面，一聲低沉的「起」字響起，她整潔美麗的額上滲出細汗，眼中染上許久未見的緊張之色。

一字落下，眾人雙掌合十，我突然忘了問他們……我現在該做什麼？我是該坐著、躺著，還是要念個厲害的咒術啊？

一束束各色光層籠罩在腦袋上時，天地已經變色，神壇颳起狂風，驟雨似要傾瀉而下。呼嘯聲不斷，風吼聲疾馳，吹得眾人衣髮飛揚，混雜著眾人的咒術聲，越加詭異。

真女雙目忽睜，盡是王者威儀，低喝一聲：「釋！」

勾魂左掌一開，一抹抹白色熾光從他掌心急速飛出，剎那間釋放了數十條魂魄，魂魄在咒術圈中處處碰壁，不得脫逃。

森森寒意鋪天蓋地而來，清淵手指交握，咒術已出，魂魄嘶叫起來，竭力想衝破咒術束縛，卻終究是一一凍僵在地。

我看著它們倒下的慘狀，哆哆嗦嗦地想著，要是它們進了我腦子裡，我會不會立刻冷得去見石頭祖宗啊。

裹住它們的寒冰未融，真女提掌而起，將一塊凍僵的魂魄塞進我腦中。

我哀嚎一聲，真女妳也太快狠準了吧。

冰塊入了體內，未覺冷意，卻有種轟然炸開的感覺。

往事如開閘的洪水，爆發了。

第七章　歸來

「姑娘想要我院中的芍藥花？姑娘怎知我院中有那樣一束花，莫非姑娘潛入過？私闖民宅不合禮數的。」

「宿宿，和我一起快意人間吧……不行？妳是神仙？神界怎麼會收妳這麼呆笨的神仙？那……妳變隻烤乳豬出來看看。」

「大嬸，我要最瘦最沒氣力、被擠到牆角的那隻……嗯，其實我覺得長得很好看呀，以後你就叫丫丫吧，記得要多生蛋哦。」

魂魄入體越多，身體也能察覺到修為逐漸提昇，往事件件湧現，刺得我腦袋生疼。

「他不會死，他不會死！他說過要帶我和丫丫一起重回人間！」

那年被神兵抓回神界的我，得知沐川來尋我，途經鬼林，被鬼怪吞噬，我發了瘋，卻不敢去尋他，怕見到他的屍首，只敢每日躲在家中以淚洗面。不久後，神鬼大戰開打，已消瘦得不成人形的我，卻看到了「已死」的沐川，竟然還是鬼王。

見到他那一刻，難過、悲痛、憤怒、欺騙充斥在我心頭，所有的所有，匯聚成憤怒。

「從此以後，我和你恩斷義絕！我仍是神界小小的藥仙，你還是統領一界的鬼王，再不往來！」

看到他眼裡閃過的痛色，我轉身離去，淚已沾濕臉龐，痛不欲生。

我突然明白為什麼連奪魂術都取不走那抹魂魄，只記得沐川一掌震在我心口的記憶，因為實在是太過疼痛。

被他欺騙已如此的痛，更何況是被他親手殺死。

將我困在陰霾中的夢境，嘩啦破碎，映入眼簾的不是一片美妙景致，而是一張血盆大口，張嘴朝我襲來。

我驚叫一聲，抱著腦袋縮在地上，耳邊傳來一道急切的聲音。

「留心你們的咒術，莫要再出錯！咒術一錯，魂魄也會受到衝擊！！」

那血口陡然消失，不消片刻，黑氣又成了一隻猛獅，吼叫著撲來。

「到底是誰念錯了咒術！」

真女叫了出來，聲音已然啞了。陣中的我聞到外面飄來的血腥味，也不知是誰的，不由擔心，卻無暇分心細想。

「上神，求您將宿宿的魂魄封印吧，再這麼下去，她會死的！她的魂魄已受河水侵蝕，若不送去淨化，終有一日會被吞噬的！」

原來真女也會為我哭。

「真女真女，妳的爪子能變成兩條腿嗎？真女真女，妳什麼時候能飛仙，偷偷帶我去天上玩吧。」

「真女真女，到了神界，妳不能丟下我。還有還有，妳性子太傲了，千萬不要跟別的神仙吵架，多笑笑總是沒錯的。」

往事歷歷在目，卻已隔了千萬年。真女的性格，果真傲氣得很，如我未失憶，斷然不會去親近她愛慕的人，或許她當時也知曉我並不是喜歡勾魂，只因魂魄在他身上，才如此接近，後來卻是真的斷了她的念想。

若當年我不請求上神將我魂魄封印，我們也不會變得如此陌生。

清冽之氣從額頂散入體內，剎那已覺心如明鏡，身無重荷，糾纏我千年的隱痛煙消雲散。

雙目還未完全看清，手已被反剪在後，清淵不知何時進入了咒術圈，強行攜我往神壇外去，身後追來一道道強光，被他一一閃過。眾神君消耗太多體力，襲來的微弱靈氣根本奈何不了他。

通天路口的神兵見我們奔來，喝聲要攔，一陣寒冰鋪天後，被凍住了。

一出路口，我直盯著他，問道：「是沐川讓你這麼做的？」見他不答，我扯了扯嘴角，「我生氣了。」

掌中仙氣炸開，刺得他眉頭一蹙，立刻退開幾步。

「王說的果然沒錯，必須趁妳修為未完全恢復時下手。」

我笑了笑，「在他眼中我是小小仙人，你卻無法控制我。要知道，我自小的玩伴，就是一隻靈力強大的龍，一般人奈何不了我。」被他壓迫了那麼久，現在反攻，感覺神清氣爽，「你打算怎麼辦？」

一股清風掠來，耳邊傳來輕笑聲：「宿宿，妳還能再得意點嗎？」

我一愣，轉身看去，人已近在眼前。塵封已久的記憶湧上心頭，音在喉中，卻是微哽，我板起臉道：「幹嘛，親自出馬擄神君嗎？」

「反正也不是第一次做這種事了。」

他驀地握住我的手，也不管清淵還在，俯身往下沖去，直破雲霄。

我驚叫一聲，環住他的脖子，躲進他的寬大衣袍中，他卻絲毫不放緩速度，直直往下墜，飛鳥讓路，衣袂飄飛。我探頭去吻他的唇，身體被疾風凍得有些僵，心中卻滿溢熱流。

他環住我的腰身，相擁而吻。

此刻，風掠耳而過，除了彼此，沒有任何事物能入我們眼內。

過了許久，他才放開，盯著我道：「宿宿，回鬼域。」

「嗯。」

「成親。」

我笑開了，又啄了一下他的唇，「嗯！」

鬼域仍如往日般幽深，卻絲毫不影響我百花綻放的心情，手被他緊握著，跟著他往王宮奔去。

我只有一個念頭，嫁給他！哪怕是沒有一個賓客，沒有一桌酒席，沒有準備任何東西，我也願意。

我掩住仙氣，窩在他懷中往前疾馳，也不管鬼域的鬼怪有何感想。

即將到梨園時，一股陰冷之氣襲來，沐音閃身而出。

千年前，我在院落摘李子時，拿石頭砸我的少年，眼裡盡是探究和不屑。那時我總會撫亂他的髮，叫他小不點。

他總纏在我身邊，說要娶我，我當他是童言無忌，點頭應聲，誰想他卻是記在了心裡。

神鬼大戰時，我躲在樹林裡哭，他跑來遞給我帕子，讓我別哭，最後他卻哭了。

往事又像海水般翻湧，我停了下來，看著眼前的俊美少年，朗聲笑著喚他：「沐音。」

他身體微顫，不可置信地盯著我，「為什麼要用這種語氣叫我？只有以前的妳才會這麼喚我。宿宿，妳……恢復記憶了？」

我點了點頭，仍是看著他笑，「嗯，回來了，一個不漏。」

沐川倒是沒說什麼話打擊他，只是我開口，就足以讓沐音說不出話。看著他越來越寂寞的眼神，我又道：「沐音，你希望我和你兄長再分開，還是希望我和你兄長在一起？」

沐音咬了咬牙，盯著我半晌。

我心平氣和地看著他，不閃躲一分，寂寞的少年，是時候面對這個問題了。

他始終不答，黯然轉身，聲音似忍到極點，「我恨你們，恨極了。」

雖恨，但卻並非真的恨。恨我們扔下他，恨我們成雙，恨我們可以逍遙天地，他卻被困在鬼域中，做那高高在上、不得自由的君王。

沐川見他離去，繼續拉著我往前走，「終於不犯迷糊了。」

我歪著腦袋看他，不知道他說的是我，還是沐音。

梨園仍是花香四溢，我終於想起，當年曾和他說過，以後找個山清水秀的地方，要種大片大片的梨樹，然後在梨園裡做個花仙人。

此時梨園萬靜，連花落的輕微聲也分外清晰。

這分開的一千年，不知要花多久時間來補。

那年在茅草屋中，雨水連綿，屋內纏綿，也因破了身而散了仙氣，被追蹤而來的神兵察覺。不等他醒來，我便拾衣逃走，想著等躲過了追兵，再回來尋他。

那一別，卻分離了千年光陰。

他拉著我左手的力道突然鬆開，我也頓住了步子，我們身上……竟散著薄薄黑氣。

我還未反應過來，沐川已捂著心口退到遠處，滿目痛色。我也低頭看向自己的心口，這黑氣，分明就是怨靈之氣。

梨樹後頭忽然傳來一聲輕笑。

沐川怒聲：「滾出來！」

梨樹後款款走出一人，粉色衣襬柔嫩動人，面上卻笑得狡黠寒人。

「你們倒是很厲害，過了這麼久才感到不妥，修為果然很高。」

我癱坐在地，力氣盡失。沐川往前一步，我的心口就痛三分，見他面色慘白，我無力地道：「別過來。」

沐川轉而怒視芍藥花，「妳做了什麼！」

「我什麼也沒做。你應該很清楚，纏著你們的是怨靈。」芍藥花擺玩著自己的長髮，嗤嗤笑著，「看那怨靈纏著藥仙的模樣，該是拿回魂魄了吧？」

我問道：「什麼意思？」

芍藥花搖頭嘆笑，「難道你們當真沒想過，修為極高的鬼王都受屍骨河浸染，更何況是個小小藥仙？即便護住心脈，不至於丟了性命，但魂魄早已不潔，我本以為妳是知曉這個緣故，才丟了魂魄呢。現在看來，妳並不知道啊。」

沐川身形一動，扼住她的脖子，一用力，指尖已有了血跡，「除掉她身上的怨靈！」

芍藥花啞著嗓道：「天下之大，只有我能救你們，因為這天地間的芍藥花，僅剩我一株成形，至純之氣，唯獨我有。你下手不如再狠點啊，王。」

沐川猛地鬆手，一掌將她搧倒，又朝我看來，卻不敢靠近。

芍藥花咳出一口血，卻滿臉不在乎，伸手抹去，笑道：「王，你不近她，她或許可以活個百年；你若近她，她將立刻斃命。」她笑意漸斂，冷聲道，「但我絕不會救她。」

我提了提心氣，緩身站起，盯著她道：「我不需要妳救！我本就是藥仙，如何救自己，我比你更清楚。」我抬頭看向沐川，笑了笑，「等我，我很快就來找你。」

沐川眼眸微亮，欲邁出步子，還是收住了腳，定定點頭，「好。」

「別自欺欺人了！」芍藥花厲聲道，「妳根本救不了自己！妳連自己被怨靈侵蝕了都不知道！」

我轉過身，漠然笑了笑，「妳說與妳無關，其實並非如此吧？既然做了，不如大大方方地承認。反正我的命在妳手上，沐川定然不會動妳，妳在顧忌什麼？」

芍藥花臉色發白，沉思了許久，才發出一聲冷笑，「妳倒是比以前聰明多了。當時我取妳心血，藥引兩滴，一滴放在屍骨河中，然後取出放入妳的食物裡。開始不會有異樣，等魂魄歸來後，才會徹底激發心血的怨靈。」

沐川一聽，抿著唇又彈出一指，鬼氣如劍刺入芍藥花的身體，她痛叫一聲，聲音越發淒厲。

「我自知無法獲得你一分憐惜，若是如此，我便讓你永世不能與所愛之人長相廝守，哪怕是片刻溫存也不可以！我替你壓制怨靈千年，你卻選擇這個背叛你的女人，到底將我視做何物？如今我便毀了自己的魂體，讓你和她被怨靈侵蝕，永不相近！」

她將手覆在額上，作勢散去魂魄，手指摁下，卻不見動靜。

沐川冷冷道：「妳以為想死便能死？妳不救她，我也不會讓妳死。妳於我的恩，我盡數還妳！」

我一驚，「不要！」

他的性子那麼傲，要做什麼，我再清楚不過。芍藥花幫他壓制怨氣，他要殺她、囚她，自然不可能白白受她的恩。

沐川未理會，捂在胸膛上的手猛地一抽，一道白氣從心口冒出，反手一推，送進了芍藥花體內。

「你瘋了！沒有我這股至純之氣，你能壓制怨靈嗎？」

「宿宿不活，我為何活？」

我鼻尖一酸，眼眸溢出淚來，低頭不再看他。不是沒有和他一起死的勇氣，只是無法接受這種剛在一起又不得不分離的痛楚。

芍藥花嘶聲道：「那你也去死！和她一塊死吧！」

一聲落下，便見她瞳孔渙散，心氣散盡，漸漸隱沒在天地間。如她所說，這世間，再無一株成形的芍藥花，也沒有能救沐川和我的人。

我抹去面頰上的淚，只能遠遠看著沐川，明明才十幾步距離，卻覺得咫尺天涯。梨園清風拂過，花落紛飛，滿目美景，此刻卻顯得分外淒涼。

「或許……神界有藥籍能清除怨靈。」我吸了吸鼻子，笑道，「我回去翻翻書吧。」

沐川瞪了我一眼，「妳不是自稱藥中第一仙嗎，神界有什麼書妳還不清楚？」

我無奈道：「那能如何，一直站著大眼瞪小眼嗎？」他默然不語，我又道，「芍藥花曾說，醫治我們需要至純之氣，三界中，總會找到替代的東西。」我嬉笑道，「那我回神界找，你在鬼域找，要是找不到，我就把家搬到你隔壁，天天跟你大眼瞪小眼好不好？」

沐川撇了撇嘴，凝神許久，應聲道：「嗯。」

我多想走到他面前好好抱他、感受他身上的溫度，強壓著心底翻湧的衝動，努力背過身，往梨園外走去。

「宿宿。」

我回過頭，笑道：「什麼？」

他的眼中水光微動，緩聲道：「這一次，不要走太久。」

眼淚奪眶而出，我蹲下身來，捂住眼，「我不走了好不好，就算是被怨靈侵蝕，就算只有幾年光陰，我也不想再分開。」

他的聲音陡然作急，「千年都忍過來了，還在乎這一時半刻嗎！」

我不理會他，這一別，誰知道又要分開多久，我等不下去。

「快些走！」

我摁住發疼的心，果然待得越久越是難受，別說隔壁，就算我住在梨園外面，時間長了也不行吧。

拖著步子出了往生門，聽到鐵門閉上的嘎吱聲，突然感覺這一轉身，就要隔了千山，再別萬年。

我腿上一軟，浮雲飄出來，托住我的身體，嘆道：「回神界吧。」

我伏在它身上，沒有動彈，任它帶著我回去。

原以為通天路口的戒備會更森嚴，沒想到只剩五個侍衛，我趴在上面，搖了搖腰牌，繼續往裡頭飄。

翠竹林傳來陣陣麻將聲，我突然想起剛蹭財神君的仙氣還未散，要是現在去打一場，肯定贏得盆滿缽滿，說不定還能在眾神君嘴裡問出驅散怨靈的事。

正準備往那邊去，浮雲卻停了下來，我抬頭看去，見了那一襲黑衣，我緩緩爬坐起來，說道：「巧啊。」

勾魂默了片刻，說道：「怎麼這麼快就回來了？」

我垂了垂眸，腦中靈光閃過，問道：「魂魄可以再封印起來嗎？」

他皺了皺眉頭，「凡人封體尚且會損害陽壽，仙人更不必說。」

「喔。」心裡感到失落，我揉了揉眼，笑道，「你知道如果怨靈入體，要怎麼驅逐嗎？」

「不知。」他問道，「妳發生何事了？」

我強笑道：「那魂魄中混有屍骨河的怨靈，我和沐川身上都有，兩股怨氣交纏，會導致我們被怨靈侵蝕，所以……正在找去除的方法。」

勾魂輕嘆一氣，說道：「上神或許知曉。」

「我去找他。」

我正要繞過他，他又開聲道：「重生。」

「嗯？」

他默了默，說道：「破壞妳魂魄咒術的人，並不是我。」

我一愣，才察覺他出現的原因，「我知道不是你，也相信不是你。」

在這麼多神君中，的確只有他最具有動機，畢竟我與他曾是戀人，魂魄歸來，我必定會選擇沐川，他應是最不願意見到此事的其中一人。

但以我對勾魂的認識，我知道他不會這麼做。

勾魂默然許久，才淡淡應聲。

再沒有牽絆，回到最初那樣，也不錯。

我回到家中，還未坐定，門便被敲響了，開門一看，見到那金光閃閃的人，我一把撲了上去拚命蹭，「財神君！」

元寶大叔咳了咳，正色道：「……我是來傳話的。」

「該不會是你路過大餅店，然後被上神使喚來當舌頭吧。」

財神君微微訝異，「妳怎麼知道？」

「嘿嘿。」我笑了笑，上神找我，問的該是那幕後人的事吧，「跟我一起去上神那溜達溜達吧。」

財神君立刻擺手，義正辭嚴地道：「不，我還有事要忙！告辭！」

我還沒蹭夠財氣，他便一溜煙地跑了。

到了大餅店，已是正午，太陽高掛，刺得人眼睛生疼。

進了後殿，果然又見上神在釣魚，我走了過去，蹲在一旁打哈欠，問道：「上神大人，你千年萬年都在這釣魚，魚兒再笨，也不會上鉤吧。」

「然也，所以我每隔十年，都要換一次魚。」

我笑了笑，見他沒有要先開口的意思，我乾脆也裝起啞巴，拿了魚竿，擺弄著鉤子玩。

過了半晌，他終於道：「聽真女說，魂魄回歸時，有人念錯了咒術，差點導致妳魂魄丟失。」

我打了個哈哈，說道：「好像是。」

「妳可知破壞妳魂魄歸來的人是誰？」

「不知道。」

「必定在施法人之中。」

我頓了頓，應聲道：「哦。」

上神半瞇起眼，「那日解封，我早已安排好，即便對方如何做手腳，妳都會安然無恙。」

我皺眉問：「是那粒仙丹嗎？」

上神不愧是隻狐狸，我沒算到的事，他早就計畫好了，每一步都在預料中，想必他應該也知道幕後人是誰了。

我咽了咽，盯著上神道：「上神，如果我不追究那人責任，你可不可以裝作不知道？」

上神闔上眼，悠悠道：「即使是要害妳，妳也不追究嗎？」

「嗯。」我笑道，「反正都過了這麼久，無所謂了，我也活得好好的嘛。」

上神搖頭笑了笑，看著碧塘的粼粼水光，說道：「妳有沒有想過，為什麼萬物生靈歷經重重劫難，成為仙人後，還要為天下蒼生做那麼多事？」

我撓撓頭，問道：「要是仙人不找點事做，恐怕會閒得發瘋吧。」

「的確如此。」上神仰頭大笑，捋著鬍子道，「仙人一旦成仙，會立刻失去陪伴自己千百的修煉意志，極易走上歧途，因此才設立如此多的神職，讓仙人繼續在任務中修煉。

「有些人從這些任務中得到救贖，有些人卻入了歧途。仙人可怕起來，比凡人更甚。妳是個好孩子，淳樸無暇，又有上萬年的修行，比起其他神君更質樸。妳便以這顆心，去感化那位迷途的仙人吧。」

我眨了眨眼，小心翼翼地問道：「上神，其實你一開始就不打算追究那人責任吧？」

「被人所害的妳尚且不追究，我又為何要壞了妳的心意？」上神嘆道，「但願妳沒有白費心思。」

「不會的。」我笑了笑，又問道，「上神，你不問問我和沐川的事嗎？你不擔心我真的放棄神職、隨他逍遙人間去嗎？」

「緣起緣滅，天已註定。」

我長嘆一氣，「看來，我和他的緣分要斷了。」我淡薄一笑，「我和他身上都被種下怨靈，怨靈不除，永世不能相近。」

上神眉頭微蹙，沉思良久，緩聲道：「三界中皆有怨靈，但以鬼域屍骨河最甚，普通鬼怪若落入河中，魂魄盡斷，不得輪迴，我也未曾聽過解救方法。」

我心中黯然，抱著膝蓋千思百想，連上神都不知道，那典籍什麼的，恐怕也沒希望了。

上神沉吟道：「我記得在我還是小仙時，鬼域中還未有屍骨河，而後天地變色，一夜間河水污濁，神鬼不能近身。事出必有因，或許找到它生變的原因，便能尋得破解辦法。」

「我怎麼就沒想到這點！」我頓時如醍醐灌頂，一拍腦袋，「屍骨河出現在鬼域中，我去翻找鬼域史記，一定會有記錄。」

上神笑而不語，看著魚竿又哼起了曲調，好不自在。

我提著裙襬往外面奔去，要趕緊找到沐川，告訴他這件事，如果不能從自身找到解救方法，那就換別的路，不可能就這麼輕易放棄。

剛出了大餅店，鵝卵石鋪就的路還未走完，便見一人立在烈日之下，透出一股隱約的虛幻感。

看到那纖細身段和落寞背影，我頓下步子，看了她許久。

阿宮緩緩轉過身，眼裡帶著常年不散的柔弱氣息，此刻卻又有幾分傲然和不甘。

「阿宮，妳等我很久了？」

「嗯。」阿宮遠遠看著我，並不向前，「我剛才在想，我該是在妳進通天路口前就殺了妳，還是坐以待斃。」

「妳選擇了後者。」

「不。」阿宮冷聲道，「我只是無法完成前者罷了，我沒有機會殺妳。」

我默不作聲，有沒有機會她最清楚，只是她不想去使用罷了。

記憶回來那一刻，我終於明白為何自己執意求上神封印魂魄——

因為那段記憶中，有情郎和摯友的背叛！

第八章　回到五千年前

當時，阿宮說沐川在樹林等我，我到後不久，發現那裡埋伏了很多神兵，沐川質問我，我卻傻了，在短暫的瞬間，忘了告訴他，是好友騙了我。

阿宮沒有化成別人來告訴我，恐怕是算準我很在乎她，即使被騙，也不會和沐川說。

只是我不明白，為何她要這麼做？記憶當中，我自認為未曾做過愧對她的事。

阿宮落寞地看著遠處，已沒了神氣。「妳去找上神，必定是向他稟報千年前我騙妳之事吧。」她驀地笑了笑，甚是悲涼，「我早該找機會殺了妳！」

「那妳為什麼不殺？」我盯著她問道，「只要我死了，妳所做的事就無人知曉。害死同伴素來為人不恥，妳那麼做，就該知道有被揭發的一天。」

阿宮回盯著我，狠聲道：「所以現在我後悔了！」

「為什麼要那麼對我？我們同列仙班，處處扶持，為何要誘我去樹林，讓我和沐川反目千年？妳知不知道，因為妳的謊話，讓我和他分開千年，現在又可能再分萬年！」我壓制不住心中悲苦，差點吐出血來，被好友背叛，比在身上捅一刀更痛苦。

阿宮厲聲道：「我和空空自小失去雙親，費盡千辛萬苦才化仙，而你和真女，卻得天地靈氣，輕易位列仙班。我小心翼翼地做每件事，卻被妳奪去了結果。若沒有妳，那藥仙本該是我做的，妳除了有個摯友是大祭司外，哪裡比我強？」

我一愣，即便是在千年前，我們三人也是極為要好的摯友，卻沒想到，在阿宮心中，竟將我和真女推拒在外。

頓時一陣淒涼，我無奈地道：「三萬八千七百四十八年。」

「什麼？」

「我變成一塊石頭所用的時間。」我看著她說道，「我本是一塊普通石頭，歷經風吹日曬，山洪衝擊，浪水拍打，來到天山泉下，用了兩百年修煉成人，又耗費了一百三十年才成仙。我能成為藥仙，是因為我早在人間就已潛心杏林之學，不但醫治別人，還醫治自己因修煉成形所留下的傷，對世間花草頑疾，都已了然於心。妳只看見我所得到的，卻看不見我所付出的。」

阿宮怔住，我緩聲道：「我對妳和真女，從未偏心；真女對妳和我，也是一樣。妳覺得她偏好於我，只是心魔作祟罷了。」

見她完全愣了，我默然片刻，說道：「我和妳，已不可能再像以往那般要好。我不是聖人，無法徹底忘記妳對我造成的傷害，但我也無法徹底放棄我們交付真心的過往。所以從今往後，我們不再是摯友，也不會是敵人，妳走妳的路，我走我的路，就此散了。」

阿宮抬頭盯著我，半晌才說道：「妳沒有跟上神揭發我？」

「沒有。」

阿宮憤憤道：「我不會感激妳的！」

我輕笑，「感激不能填飽肚子，也不能讓人心情愉快，所以妳忘了這些事吧。」

我頓了一下，說道，「宮門君，過自己的生活去吧。」

她睜大了眼，寂涼一笑，「好，重生君。」

我們看著彼此，心下都明白，彼此早已離得很遠，再沒有走近的可能。

時光越長，失去的東西便越多嗎？

和真女，和阿宮，皆是如此。

阿宮收起千百年來的虛偽面孔，轉身離去，不帶半分遲疑。

我默然許久，也背身離開。

鬼域大門已開，我進去時，裡面剛濛濛亮，看得我又困倦起來。進了梨園，不見沐川在，唯剩長椅擺在梨樹下，一旁桌上的酒已經涼了。我躺了下來，抿了一口酒，或許是酒冷了，倒不烈，幾口落腹，卻開始灼燒，後勁著實厲害。

我打了個酒嗝，蜷在椅子上，腦袋昏沉得很。這一個月來，都沒有睡好覺，昨天折騰到現在，太疲累了。就算滿是任務的時候，也未曾這麼累過。

隱約中有股溫暖氣息傳來，我慢慢睜開眼，只見一張俊美的臉湊在眼前，也睜眼看來。

我笑了笑，伸手去碰，手上微涼，卻真實無比，「我們每天能這樣待上半柱香，我就心滿意足了。」

沐川淡然笑了笑，握住我的手，說道：「我去王宮書庫翻了一夜的書，察覺到妳的氣息，回來就發現妳大搖大擺地在偷懶睡覺，還把我的千年好酒喝光了。」

看著他眼底掩飾不掉的疲倦，我顫顫地探頭吻他的眼，說道：「我不只把酒喝光了，還想把你吃了。」

他微微愣了片刻，臉上又驀地溢開了笑，壓身上來，「果真是喝醉了。」

手已從衣襟處探了進來，熾熱的身體感受到掌中涼意，忽然舒服了起來。只是一會，心猛地跳了一下，我痛得渾身發顫，沐川一僵，迅速躍開，翻身而退。

我捂著心，起身望著他，強笑道：「跑那麼遠做什麼，我又不會真的吃了你，來嘛來嘛。」

沐川瞪了我一眼，「不要考驗我的忍耐力。」

我噗哧一笑，痛得咳了幾聲，忙深吸幾口氣，好不容易平緩下來，見他要走，忙喊道：「別走。」

他頓了下來，說道：「妳真想痛死嗎？」

「當然不是。」我笑了笑，「上神說，如果知道屍骨河中的怨靈為何會如此厲害，尋到本末，或許可以解開我們身上的怨靈之氣。」

他皺起眉頭，思索片刻，「好，我去找屍骨河的史籍記載。」

「嗯。」我又添了一句，「我等你，大人。」

見他又瞪來，我立刻笑開了，不能靠近也有好處嘛，至少可以趁機調戲他。

我如此想著，腦袋越發昏沉，酒勁果然大呀，下次再也不隨便喝酒了，否則醉了被人賣掉也不知道。

想到這，我忽然想起了ㄚㄚ，也不知道沐音把牠擄到哪裡去了。我慢吞吞地起身，出了梨園，準備去找沐音拿回ㄚㄚ。就算不會生蛋，也是隻好鴨子嘛，大不了以後給我拐隻母鴨子，還可以生小鴨，小鴨再拐母鴨，再生小鴨。

瞬間腦門上蹦出好多黃毛鴨子在打轉，轉得我頭暈。

「姐姐？」

我轉過身，看著朝我疾奔過來的少女，捏了捏她粉嫩的臉頰，又看到她旁邊那個冷面佛，打趣道：「巧啊，你們怎麼在這裡？」

花花說道：「今天清淵哥哥有空，陪我去玩了。姐姐妳怎麼一個人在這裡？」

我捧著她的腦袋，湊在耳邊大聲道：「花花呀，妳家清淵哥哥很壞啊，老是坑我，記得回去後要罰他跪搓板，不然我不喜歡妳啦。」

花花眨了眨眼，「啊？」

清淵只差沒翻我個白眼，冷冷道：「她喝醉了。」

「我才沒醉！」我一屁股坐在地上，扯著她的手嗚咽道，「我才沒醉，我在等沐川回來，他說過要帶我去人間，讓我穿上鳳冠霞帔等他，還要找來八抬大轎。我不能醉，我還有事要做，我還要嫁給他。」

花花抱住我，「姐姐別哭，沐川大人很快就會來接妳了，哭花了臉就不好看啦。妳跟花兒回去，洗了臉，換個乾淨衣服好不好？」

我透著淚水看她，只覺得一朵大桃花在我眼前晃悠，嘿嘿笑道：「好啊，但是妳要給我做好吃的，還有，罰他，」我指了指那冷面人，「罰他跪搓板。」

「姐姐是讓花兒去送死嗎……」

「妳家清淵哥哥對妳喜歡得緊，怎麼捨得讓妳死，嘿嘿。」

話還沒說完，就見清淵忍無可忍地伸出手，我脖子一疼，直接暈了過去。

醒來時，伸手不見十指，聞到枕邊花香，還以為是在梨園中，細細一嗅，發覺不對，這分明是桃花香。

我猛地坐起身，捂著脖子，推門出去，看到滿院桃樹，就知曉這是花花的房間了。

「花花，花花。」我邊走邊喚著她的名字，沒想到沒把她喚出來，倒是聽見大腳板踢踏在地板上的聲響，側耳聽了聽，大喜，忙循著這聲音跑去。還未到盡頭，便見那渾圓的身軀往這邊跑來，「丫丫！」

「嘎！」

丫丫探長了脖子朝我跑來，我俯身將它抱起，蹭著它的腦袋，「丫丫，我回來了。」

我摸著它的羽毛，溫柔地道：「丫丫啊，你不會怪我離開那麼長時間，把你獨自留在鬼域吧。」

「嘎。」

我笑了笑，摸著牠的長脖子，把丫丫收進袖子裡。

望向綴滿星雲的空中，不知道沐川看典籍的事如何了。

我從懷裡拿出玉珮，念了往生咒，走進梨園中，不見他在。

等了許久，耳邊飄來聲響：「酒醒了？」

梨園空無一人。

我笑道：「好了，你在哪？」

「附近。」

「噢。」四處尋了尋，不見沐川，我氣惱道，「只是待一會，不會有事的。」

沐川不答我，轉了話鋒：「王宮的史籍記載了屍骨河生變之時，但沒有記下具體原因。」

我意外道：「史官不記這些嗎？」

「不知道。」他默了片刻，才又說道，「有些蹊蹺。」

我想了片刻，「那史官還活著嗎？」

「死了。」

「唔。」我撓撓頭，「大概是多久之前的事，還有知情的人活著嗎？」

「五千年前的事，要找也難，我明日讓人去尋老一輩問問。」

「嗯。」我笑了笑，「你在哪個方向？」

「怎麼？」

「西北方有一顆很亮的星星，快看。」我仰頭看著，星光在月色旁熠熠生輝，沒有被銀色吞噬。

耳邊沒了聲音，靜默許久，才聽到一句。

「嗯，很亮。」

尋了五天，還是沒找到知曉五千年前屍骨河之事的人。

我又回了神界，除了上神依稀知道一些，其他人未曾聽過。而神界史籍只記錄神界諸事，對鬼域之事並不瞭解。這樣一來，有種往事真相被埋藏的感覺。

「我去瑤池一趟，問問瑤池上仙是否知道。」

我看了看真女，點頭道：「嗯。」

她默了默，問道：「阿宮也在瑤池，有什麼話要告訴她的嗎？」

我微愣片刻，「她在瑤池？」

真女說道：「阿宮請命去瑤池清修，上神也同意了。雖然意外，但或許也是因為她所任的神職關係，讓她累心了吧。」

我應了一聲，問道：「空空呢？」

「空空還在瓊宇宮，繼續任職。」真女說道，「有空就去看看他吧，雖然嘴巴毒了點，性子傲了些，但還是個不錯的孩子。」

「知道啦。」我笑道，「就是不知道我還能活多久。」

真女臉色一變：「卿宿宿！妳能別沒心沒肺的嗎？」

「怨靈比我想像中吞噬得快。」我下意識伸手捂住心口，無奈道，「恐怕就要壓制不住了，要是我入了魔，真女妳就殺了我吧，我不想變成六親不認的模樣。只是現在我沒有勇氣死，也不甘心就這麼去死。」

真女大聲說道：「就算妳有勇氣，也不可以去死！若妳真成了魔，我會殺了妳，所以在這之前，定要好好活著！」

我愣了愣，沐川的修為那麼高，即使沒有芍藥花相助，也能活上許久。但是我的修為太差，若是硬撐，也活不過三、五年。

「嗯。」

我們兩人相對無言，突然有神兵過來，說道：「稟大祭司，有鬼域中人來尋重生神君。」

聽到是來尋，而不是來襲，我放下心來，確定不是沐川。會來神界找我的，還能驚動神兵，定是清淵了。

我小跑到通天路口，果然有陣陣寒氣襲來。見到他，卻是頓生親切感，瞇眼笑道：「清淵大祭司好。」見他面上微抽，我嘿嘿笑了笑，「沐川在找我嗎？」

「不是。」

我蔫了，不甘心地問道：「那你來這裡做什麼？」

「來尋另一個人。」他瞥了我一眼，才說道，「鬼域已經被翻遍，未找到知情的人，所以王決定走另一條路。」

「什麼路？」

「回到五千年前，自己找真相。」

我睜大了眼，「你是要找穿越君嗎？」見他點頭，我說道，「神鬼兩界各不相連，神君是無法打開鬼域的時光隧道的。」

「王既然這麼說了，自然有他的想法。」

我無奈道：「好吧，我去找穿越君。」

本以為穿越君不會親近鬼域，沒想到剛說明來意，他便一口應承下來。

到了鬼域，清淵領著我們前行，看著完全陌生的路，心下不安，之前被他坑過幾次，現在已無法完全信任他，尤其是氣息越發陰鬱，更覺不對勁。

「我們要去哪裡？」

「屍骨河。」

我一頓，「為什麼要去那裡？」

穿越君揣摩半刻，說道：「是需要引子嗎？」

清淵說道：「是。鬼域不似凡間能輕易改變，如果要回到過往，必須有牽引之物。」

「恐怕能回去之人，也只有身上有此牽絆的人吧。」

「的確。」

我眨了眨眼，倒是聽懂了，「所以說，只有我和沐川能回去？」

「是。」清淵說道，「這本就是妳跟王的事，由你們去解決，也不為過。」

我突然想到一個問題，正色道：「我們會不會有回不來的可能？」

「會。若妳和王在我們未接回你們前，被五千年前的人殺了，將會無法歸來。」

我點點頭，雖然危險，但沒有其他選擇了。怨靈不除，我和沐川橫豎都是死，只是早晚問題，這麼拚死一去，說不定就得到轉機了。

似乎是離屍骨河近了，不但是心，連四肢都有些麻痹。

我趴在穿越君身上，無力道：「借我靠靠。」

穿越君斜睨我一眼，「如果我的八卦消息沒聽錯……你情郎貌似是沐川？你這麼靠著，不怕我被宰了，也得擔心擔心自己會不會被宰吧？」

我一個激靈，忙把頭從他肩上挪開，「我們是閨蜜啊！」

「……妳見過有六塊腹肌的閨蜜嗎？」

「穿越君你竟然有六塊腹肌？我看看！」

「……沐川在河對岸盯著妳。」

我哆嗦了下，忙縮回手，往對面看去，果然見沐川似笑非笑地朝這看來，我趕緊朝他擺手。

剛才往這條路走來時還覺得不適，現在靠近了，反而沒有太大感覺。我往清淵旁邊湊了湊，說道：「清淵呀，其實只要我一個人回去就可以了吧？萬一沐川出了什麼事，你怎麼向鬼域交代？」

見他沒有回答的意思，我無奈地立在一旁，看向沐川，卻不能涉水過去。

清淵和穿越君開始設陣法時，屍骨河忽然翻湧起來，污濁晦暗的氣流如颶風翻騰，肉眼已能見到怨靈在河面上哀嚎，我身上的怨靈也盤桓飛舞，欲離而逃不走。陣陣鑽骨之痛傳來，我差點癱在地上，真是越來越禁不起折騰了。

足下突然破開一個漩渦大洞，低頭看去，還沒叫出聲，人已掉進裡面，耳邊疾風肆虐，吹得眼睜不開。

好不容易覺得眼前有了光亮，微微看去，已是一片綠意蔥蔥。

我淡定地負手望天，看了好一會兒，驀地想起沐川，四下望去，不見他人，連一分氣息也感覺不到。我尋了個方向，在樹林裡疾走喚他，仍沒有回應。

「鬼王出巡，眾鬼退避，擋駕天誅。」

樹林外嘹亮之音像在遠處，又如在耳側，聽到鬼王二字，我想著去尋，轉念一想才記起那鬼王非沐川，也非沐音，我以仙人之軀站在這，如同等死啊。

我忙化了凡體，往側邊跑去。

好不容易出了樹林，又是未見過的景象，胡亂走了一通，倒是見到了集市，鬼來鬼往，好不熱鬧。

兩側紅綢高掛，倒把鬼域的陰森氣氛淡化了些，有種人間過年的喜慶。

先找了間茶肆坐下，要了一杯茶水，想著怎麼去找沐川。

不知是沒有位置還是其他原因，坐下不久，這桌又過來兩人，打了聲招呼，便坐下了。

見那兩人談得甚歡，我探了探腦袋問：「請問兩位，最近鬼域是否有喜事要辦？」

兩人看了我幾眼，面帶狐疑，我忙笑道：「我是人間除妖師，初來乍到，不懂規矩還請見諒。」

話一落，他們臉色果然好了許多，回道：「鬼王成親，自然是一等一的大事。」

我恍然一聲：「敢問新娘是何人？」

「鬼域的髗骨大祭司。」

我道了謝，揣摩片刻，鬼域權勢最大的兩人成親，無怪乎鬼域上下歡騰一片。那屍骨河的事，是否跟這件事有關聯？

又待了一會兒，茶肆準備收攤，我才不得不走。一拿出錢，就見小二眼睛都直了，詫異道：「神、神界的錢……」

我一驚，忙呵呵笑道：「這是散仙給我的東西，除妖師嘛，自然會跟仙人打交道，不小心拿錯了。」

好吧，這個理由太差勁了，我不能侮辱他們的智商。見小二臉色越發陰鬱，我化了神體沖入鬼群中，立刻聽得一聲聲尖叫響起。

就算我可以把他們通通踹倒在地，要是動靜鬧得太大，引來鬼域侍衛就完了。

我一路狂奔出集市，躍上屋頂，隱去仙氣，終於得了三分清靜。探頭看著下面亂成一團，只能嘆氣這絕非我的本意啊。

不過，沐川你到底在哪裡啊？就算我是根小草你也該嗅到青草味了吧！

我長嘆望天，摸著餓得咕嚕叫的肚子無奈極了，早知道應該吃飽再來，穿越果然是個力氣活。

背後聲音輕笑，「妳真能闖禍，才來半天就鬧得鬼域雞飛狗跳。」

我猛地轉過身，撞了他滿懷，哀號一聲，「你骨頭硌疼我了。」

沐川嘴角一抽，「賊喊捉賊。」

我笑道：「我才不是賊。」抱著他的腰身，對他說道，「你跑哪去了？」

「去打聽了屍骨河的事。」

「有線索嗎？」

「屍骨河還沒有出現，它現在的名字叫清納河。」

「我剛跟鬼域的人打聽了，鬼王要和大祭司成親。」

沐川眼眸微動，點頭道：「的確是這個時間。」

「唔？」我想了片刻，明白過來，「王位是世襲的，又是在五千年前，也就是說，現任鬼王其實是你父王，而大祭司是你娘親？」

「嗯。」

我皺眉道：「現在他們也不過兩、三千歲，你在三千年後便做了王，他們豈不是在很年輕的時候便離世了？」

沐川思索片刻，說道：「史籍記載父王母后因病離世，並不是壽盡。」

我拉住他的手說道：「我們混進王宮裡看他們成親好不好？」

他失聲笑道：「妳以為王宮是那麼好進去的地方嗎？」

想想也是，或許是因為常隨意進出梨園，才產生了這種錯覺吧。

我笑了笑，又疑惑起來，「你有沒有發現，我們這次待一起的時間特別長。」

身上沒有不適，也沒有黑氣出現，就跟平常一樣。我微微激動起來，見他目光如炬，忍不住埋進他寬實的胸膛上，聲音微顫：「會不會是因為屍骨河還沒有出現的緣故？如果我們把屍骨河的迷咒解開，就可以除掉怨靈了吧。」

他低低應了我一聲，手環得更緊。

或許是鬼王即將大婚，又或許是我無意暴露身分，這幾日街上的侍衛明顯多了。沐川用鬼氣罩在我身上，又化了其他模樣，恐怕連原先見過我的人都認不出來了。

清納河還未變成屍骨河，只是一條普通的河流，清澈粼粼，在晚霞下顯得特別漂亮。我俯身撈起一掌的水，清清涼涼的，讓人無法聯想到那鬼氣森森的屍骨河。

沐川站在一旁，微微皺眉道：「再過三日，這河就要變成屍骨河了。」

我們默然不語，心裡都明白，一旦變成原樣，我們就得回去面對沒有未來的結果。

「宿宿。」

「嗯？」

「我們去人間走走，現在打探不到其他事，也毫無異變前兆，守在此處也無用。」

我點點頭，「嗯。」

此時的人間正是三月天，細雨連綿，滴滴傾落在青石路上。

沐川撐著傘，雨水滴落又濺上，打濕了我的裙襬。

「你說，人間這麼美，靈力高深的仙人和鬼人又哪裡比得上凡人？如果可以選擇，我當初修煉抉擇時，一定化人，而不是化仙。」

他輕聲笑了笑，「凡人只有數十年壽命，要是相守，也太短了。」

我思索許久，點頭道：「的確短。」又挽緊他的手，說道，「所以呀，以後我們到了人間，每隔十年就換個地方住，不然要被當成妖怪了。」我一想又不對，搖頭道，「不行不行，十年時間，剛把一個地方弄得像家，又得搬走。我們還是找個深山老林住下吧，要住多久都行。」

我念叨著以後的生活，越想越心酸，忍不住想掉淚。

面上濕涼時，還以為又不爭氣的落淚了，抬頭看去，頭上的傘已落，沐川緊擁著我，附耳道：「會有那麼一天的，宿宿。」

「我怕……」

越來越怯懦，因為得到的多了，感情越深，就更懼怕失去。

沒有屍骨河，沒有怨靈，沒有分離。

雨水打落在身上，擊打著地面，窸窸窣窣的聲音越發地大。

春日裡的雨水還帶著冬日寒氣，我冷得直哆嗦，身體都有些僵了，沐川領著我在附近尋了個破敗的寺廟過夜。

翌日醒來時，雨已停歇，我窩在他懷中，暖如冬日太陽。舒舒服服地伸了個懶腰，沐川也坐起身，微微瞇眼看了看門外的朝陽，說道：「宿宿，我們拜堂吧。」

一大清早就嚇人，見他極是認真，我抗議道：「大人，你就是這麼娶親的？沒有媒婆，沒有花轎，連大紅嫁衣也沒有，就想把我拐走了？」

他挑了挑眉，「是，妳願意嫁嗎？」

我失聲笑了笑，心又極快地跳了起來，定定點頭道：「願意。」

他臉上漾起滿滿笑意，握住我的手往門外去，面向朝陽，攜著我雙膝跪地，緩聲說道：「不求壽與天齊，唯願攜手三生，日月為證，三世不離。」

我怔了半會神，才看向面前的廣袤天地，字字道：「日月為證，三世不離。」

滿目橙紅，寧靜祥和，唯願此生，不再離棄。

從今日起，我們便是夫妻，無論此後有何種變故，都不能斷開我們之間的牽絆。

攜手三生，三世不離。

第九章　屍骨河

拜完天地，我們便回了鬼域，鬼王大婚，按例是要提前閉門兩日，免得有外敵入侵，擾亂大婚。

沐川牽著我走在街道上，如果不去看行人偶爾飄浮的雙腳，倒覺得跟人間無異。聽到不斷傳入耳邊的議論聲，我搖了搖他的手，「真的不能去看看鬼王大婚嗎？」

他淡聲道：「我和父王的氣息很像，如果離得太近，會被發現。」

我想起那日鬼王出巡時，沒有去看看他的真容，倒是可惜了。

沐川的步子忽然放緩，眉頭越皺越緊，終是冷笑一聲，將我的手握得更緊，左手揮出一道紅光，拍向那行人。

只見那紅光穿透行人身軀，不見他們哀號和受傷，我頓時明白過來，「是幻境？」

沐川冷聲道：「出來。」

幻境依舊，卻不知道從哪傳出巨響，震得地面微動，「爾也是鬼域中人，竟與仙人廝混，不可饒恕，吾等奉鬼王之命，前來斬殺爾等！」

那一字爾一字吾聽得我耳朵長繭，扯了扯沐川的衣袖問：「他這麼說話不會咬到舌頭嗎？」

沐川面色陰鬱，卻還是笑了，「他不會咬到，因為我會把它剁下來。」

……我拽緊了他，生怕他真把人家舌頭扯了，這裡畢竟是「過去」，如果鬧出什麼事，恐怕又會添亂。

他看向天穹，說道：「我們來鬼域並沒有冒犯之心。」

對方卻好像全然未聽見般，行人虛幻的景象已驟然消失，空中刀光劍影如雨點般襲來。

我倒是不慌亂，就算天塌下來，也有個高手在，跟在一旁混吃混喝就好。

果不其然，仙氣已準備在掌心中，連個出場的機會也沒有，便見沐川一道眼刀閃出，瞬間化了那刀劍，動作之快，已讓對方愕然，厲聲道：「你到底是何人！為何會有王者之氣！」

沐川默了片刻，說道：「帶我們去見鬼王。」見對方依然沉默，又道，「你們根本奈何不了我。」

對方似在商議，過了片刻，聲音才又響起：「你可去，你旁邊的女神君不可去。鬼王即將大婚，你是鬼域中人，想必也知曉鬼域規矩。」

見沐川蹙眉，我說道：「你去吧，我在這裡等你，能讓屍骨河一夜之間變成那樣，必定不是普通人所為。」

既然我無法進王宮，那沐川去，或許能探聽到什麼。我去屍骨河守著，兵分兩路，兒女情長固然不易割捨，但是為了日後，短暫離別又算得了什麼。

他點點頭，「小心，不許亂跑。」末了又添一句，「不要闖禍。」

說完，他便隨那些人離開了，我便跑去屍骨河邊守著，河水依舊清澈。

我附手在心口上，喃喃道：「到底是什麼，才能讓你怨氣這麼大？」

話一落，那許久不疼的感覺又隱約浮現，我以靈力強壓下去，耳邊忽然傳來熟悉的聲響。

「宿宿。」

我訝異地四下望去，不見人，試探地喚了一聲：「真女？」

「嗯，我在現世，莫驚訝。」

「是找到什麼線索了？」我問道。

「我剛從瑤池上仙那裡回來，據她所說，屍骨河本叫清納河，在上代鬼王大婚當天，突然就變成了怨氣沖天的屍骨河。我在河邊念了清心咒，發現可以暫時將部分河水淨化，所以我們猜測這河是被人下了咒，裡面藏著極強的怨靈。」

我思索片刻，說道：「如果是怨靈，只要解除它心中的怨氣，我和沐川身上的怨靈也會消失吧？」

「的確如此，但那怨靈極強，封印也很強大，以我們的能力無法解開。你們需要找到怨靈本尊，再尋得是因何事生故。」

我驀地想起，萬一那怨靈是王族的人，沐川豈不是危險了？我邁開腿又停了下來，不行，要是我一個仙人跑過去，只會添亂。

進不是退不是，只能盼著快點過了這幾日。

河流上漂來盞盞紅燈，我順手撈起一盞，做工很精巧，沒有鬼氣，難道是凡人放的？可是一個凡人在這裡做什麼？順著上游走去，才發現屍骨河比想像中要長，走了許久，進了一處山洞中，才察覺到裡頭有人。

清淺悠揚的吟唱傳來，在洞中不斷迴響，聽起來如天籟般。我越發好奇，往裡走去，終於見到放燈的人。

那女子穿著素絨繡花襖，蝴蝶百褶裙，面龐清婉動人。似聽見聲響，她抬頭看來，微有意外，一會兒又平靜下來，「能穿過洞外的靈力牆，妳也是仙人吧？」

我吃了一驚，才發現她身上氤氳著淡淡的仙氣，簡直比在鬼域中發現凡人更驚訝，「妳在這裡做什麼？」

她垂了垂眸子，淡淡道：「放花燈。」

「放花燈？」

「賀喜新人的花燈。」她拿起身旁的燈，又放了一盞入水中，便見紅燈順流而去，出了這微暗的洞裡。

我蹲下身，那燈盞不似用靈力製成，盞盞都是親手做的吧？看著她眉目間的愁色，我問道：「妳說的新人……該不會是鬼王和大祭司吧？」

她指尖一頓，淡聲道：「可不就是他們。」

她的回答實在是太過冷清，讓我不好意思繼續問下去。只見她神情飄忽，面帶病色，我心中一個咯噔，「神君，妳染了什麼惡疾？」

「沒有。」她幽幽嘆息一聲，笑得雲淡風輕，問道，「妳怎麼會在鬼域？」

我遲疑了一下，答道：「想來看鬼王成親。」

她輕聲應了一句，我見她靈氣有些散，瞳孔中的光點也縹緲，忍不住道：「神君受過很重的傷嗎？」

「沒有。」

我還不死心的打算再問，洞外忽然掃來一陣凜冽疾風，她面色更加慘白，「失禮了。」

還未反應過來，便被她袖子一罩，化成小人被裝入水球中，窩成一團。那鬼氣太重，嗆得我哆嗦了一下，仰頭看去，看不見臉，只見到半個身子，以身形來看，是個男子。

這水球是完全包裹的，聽不到外面聲響，只不過兩人似在撕扯推擠，晃得我頭暈。我正盯著那隱約可見的推擠，一隻手拂來，水球滾落在地，裂了開來。我哇地大叫出聲，顫巍巍地站了起來，一看那男子的臉，差點驚叫。

沐川！

不對，五官雖像，但眼神比他更凶。

「連梟住手！不要殺她！」

「不能讓她活下來！鬆手！」

連梟？我蹙眉看他，這不是沐川他爹的名字嗎？見他們拉扯的姿勢，我腦中蹦出偌大的有問題三字……

我呵呵笑了笑，往後退一步，「我只是路過，你們繼續……」

連梟手一揮，將女子彈開，舉掌而起，一副要殺我的模樣，掌未揮出，那女子身子一軟，翻眼暈了過去。

我連忙過去，見他滿目愕然，我喝聲道：「她受了重傷你看不出來嗎！」

他倒是瞪起我來，「救她，救不活她，妳死！」

……難道鬼域王族就沒有一個講理的嗎！

我白了他兩眼，伸手尋到她的傷口，幫她療傷。

女子漸漸恢復氣色，眼口緊閉，似在夢中也極不舒服。

收了掌力，我緩了緩神，抹去額上細汗，「讓她休息一會。」我又問道，「她的傷是拜鬼域雪豹所賜吧，讓那種惡靈咬傷，可不容易恢復。」

他未答，理著她面上的細碎青絲，說道：「妳若敢洩漏今日見到的事半句，我就殺了妳。」

我扯了扯嘴角，「哦。」心裡琢磨著要不要問他和那位仙人的關係，想想一定會被他拍死，還是閉嘴不問了。

他看向我的眼神又狠戾起來，「妳就是這幾日在清納河遊蕩的仙人？有何目的？」

我眨了眨眼，咽了咽道：「沒……沒有。」

他似乎想到了什麼，「難道妳就是他所說的宿宿？」

「咦？」我忙問道，「你見過沐川了嗎？」我語塞了一下，「他……跟你說了什麼沒有？」

他慢慢吐字道：「說了。」他又看了我幾眼，露出嫌棄之意，「毫無穩重姿態，以後如何做鬼后。」

我嘴角一抽，難道沐川全說了？乾咳了兩聲，想著我和沐川剛做夫妻，剛才又差點被他一掌拍扁，清了清嗓，瞇眼重重喊他一聲：「爹！」

「……」連梟的臉徹底黑了。

要是哪天我家孩子穿越過來喊我一聲娘，我一定也會這樣，恨不得掐死他卻又不能行動是件很痛苦的事啊。

等他緩和過來，我湊上前問：「鬼王大人，我能問你件事嗎？」

他瞅了我一眼，目光雖仍有嫌棄，但已不那麼冷，「屍骨河的事？」

「嗯。」

「你們說的屍骨河，我只知道現在叫清納河，會因何事而變成怨氣沖天的河流，我也不知曉。」

我失望地嘆了一氣，說道：「據說，那條河是在你成親那天變的。」

「那不就是明日？明日過後妳便知曉了。」

「嗯。」我交纏著手指，見他看那女子的眼神越發溫柔，我忍不住問道，「你喜歡她嗎？」

「是。」

「沐川在哪裡？」

「王宮中。」他又說道，「我試著用宮中萬年寒冰幫他驅除怨靈。」

「恐怕清納河變成屍骨河那天，怨靈又會出來作祟。」我托腮坐在一旁，嘆道，「你既然喜歡她，為什麼要娶髗骨大祭司呢？就算你不能娶她，也不一定要娶其他女子吧。這樣對大祭司來說，不是很不公平嗎？」

他驀地冷笑道：「妳以為淺憶的傷，是拜誰所賜。」

我一愣，「難道是髗骨大祭司把淺憶神君誘進雪豹巢穴的？」

「是。」

「她發現你跟仙人相戀……所以這麼做？」

連梟未答，卻是眉頭緊蹙，我又問道：「你娶髗骨，為的是讓她放過淺憶神君嗎？」他還是不答，我氣惱道，「你這麼做，對淺憶神君的傷害更大！女子若不能與相愛之人相守，獨活又有什麼意思！」

他淡然笑了笑，「是嗎。」

「是！」

他思索片刻，說道：「我會考慮一下的。」

我好像做了一件不好的事，要是他真聽我的話跑去和淺憶神君私奔了怎麼辦，那沐川和沐音豈不是不能出世了？

我咽了咽，轉念一想，鬼域之事不能更改，我所見到的只是過程，無論過程如何變，本質都不會變。那就是說，連梟還是會和豔骨生下沐川兄弟，不管他們是否成親了。

我嘆著氣，心中滋味千迴百轉，最後又跟他閒扯了些，不知怎麼地睡了過去。

等醒來時，連梟已經走了，淺憶還在一旁睡著，我走出洞口，發現天已亮了，連忙跑回洞內的河水源頭，滲出的泉水仍是乾淨的，頓時鬆了口氣。

我探了探淺憶的脈搏，仍是不平穩，而且手冰冰涼涼的。我驚了驚，探手往她脖間順下，所觸到的地方沒有一點溫度，若不是心還在跳著，簡直要以為她歸天了。我運力幫她續命，那雪豹是三界出了名的惡靈，別說被他們咬一口，就算是被抓傷，也要幾年時間來復原。

剝落她的衣裳，看到那觸目驚心的傷痕，我暗罵了一聲豔骨，耗費著靈力幫她療傷。

可那平日裡運用自如的靈力，現在卻不聽使喚，在我體內亂竄，撞擊我的心口。我痛得收起靈力，體內立刻平靜下來，一想運力，便又疼了起來。

見她面色越來越蒼白，元神似乎快散了，我現在沒辦法救她，又不能送她回神界，難道我要闖進王宮讓連梟救她嗎？

如果我這麼做，豈不是又把她送到豔骨面前？即便暫時救活，恐怕也會再遭毒手吧。

左右為難，淺憶的眼角忽然落了淚，低低喚了聲：「連梟……」

聽到這兩個字，我定聲道：「我去找他，妳一定要撐到他來！」

我飛身往外騰空而去，也不管能不能進王宮，但動靜鬧得大些，總能引起連梟注意吧。我又懷念起在沐川身邊混吃混喝的日子，有他在，這些對我而言難如登天的事，在他眼裡連小事都算不上吧。

王宮十里外鋪滿了紅綢，到了宮門外，已是鬼山鬼海，手上提著禮盒在路口處排隊。

我忙化了凡體，把仙氣掩蓋得一絲不露，思索片刻，化作美豔妖嬈的模樣，看到一個猥瑣大叔正要進門，輕步跑了過去，挽住他的手，笑道：「奴家也想看看鬼王大婚的場面，你帶我去好不好嘛。」

見他眼睛都直了，我又媚笑道：「哎喲，要是你帶我進去，我回頭一定好好報答你。」

他眼一亮，伸手往我腰下捏了捏，「好，好，你個小妖精。」

我扯了扯臉，差點沒吐出來。

有了那邀請函，我順理成章跟著猥瑣大叔進去了，剛過宮門，我說道：「我去上個茅房，您老慢逛。」

「喂……！」

不等他空手來抓，我迅速竄入鬼群中。從前殿逃出來，我巡視這裡，路跟五千年後雖不是一模一樣，但大致結構未變。不過之前都是直接進梨園，對王宮大殿不熟，連梟會在哪裡，我也不知曉，只能亂闖了。

「連梟……連梟……鬼大王？」

我壓低聲音喊他，偶爾從掌中飄兩道仙氣出去，可尋了兩處院落，上百間房，還是不見他。想著不知淺憶能堅持多久，我越發慌張，將凡體一收，化了神體，竄走各個房間。

王宮都留下我一半仙氣了，還不出現，難道要我再使勁鬧騰嗎！

我惱怒地浮上屋頂，扯著嗓子喊道：「鬼大王，有人找！鬼……」話還沒喊完，嘴已被人從身後捂住，我偏著腦袋看去，一把挪開他的手，雙手一抱，「我想你了！」

「……不喊了。」

沐川盯著我，字字道：「喊得這麼大聲，妳是活得不耐煩了嗎？」

他一指封了我的仙氣，攜我往下飛去，落了地才道：「來這裡做什麼？」

我忙說道：「連梟在哪？我找他有急事。」

他挑了挑眉，「妳不問問我這兩天去了哪裡，反而找他？」

我差點沒被他嗆著，「還吃你爹的醋啊？」見他瞪眼，急聲道，「快點找他，不然女神君就要撐不住了。」

他蹙了蹙眉，沒有多說，牽著我穿行廊道，感到他步子不似往常那樣快，我邊跟在一旁邊問：「連梟說把你留在宮裡，用寒冰幫你化解怨靈……我以為你都說了是他兒子，他就絕不會動你。」

他臉色終於好了起來，說道：「如果寒冰能解開怨靈，我們還會出現在這裡？只長個子不長心眼。」

我撇了撇嘴，沒說我真以為王宮的冰塊跟外面不同呢。

「那你留在這裡做什麼？」

「被囚禁了。」

「啊？」我吃了一驚，上下摸著他，沒觸到傷口，鬆了口氣，「他為什麼囚禁你？」

他默了默，淡聲道：「在大婚前，擔心有人搗亂吧。」

「……你又騙我。」

他笑了笑，「是，騙妳的。」

我還想再抗議，他已停了步子，站在一間房前。

連眼都未眨一下，門已打開了，不見人出來，戾氣襲來，沐川已帶著我往左側一閃。戾氣打在身後的柱子上，留了一道深口子，要是打在身上，還不得斷成兩截。

見連梟果然在裡面，我喊道：「淺憶神君想見你最後一面！」

他驀地起身，瞬間到我面前，扼住我的手腕，「她怎麼了？」

「我不知道……靈氣突然就開始渙散了……疼啊。」我甩了甩手，掙脫不掉。

沐川摁住他的手，沉聲道：「放開她。」

連梟鬆了手，往門外疾步走去，沒走多遠，便見一個豔紅身影堵了出來。

一身大紅嫁衣和冷豔傲氣的臉，她就是豔骨大祭司？

那凌厲眼神看來，著實嚇了我一跳。

連梟問道：「妳怎麼來了？」

豔骨冷笑道：「我以為這仙氣是那賤人的。」

連梟也冷了臉，想要繞過她，豔骨攔住他道：「還有半個時辰便拜天地，你去何處？」

「退下！」

話落下，連梟手背一翻，一掌擊在豔骨身上，抬步離開。

「連梟，你要負我？」

聲音淒厲，聽得我心又是一跳，拉著沐川小心繞過，往清納河疾奔而去。見沐川眉頭緊鎖，我安慰道：「雖然你爹娘感情不合，但至少還是相安無事共渡了上千年。」

沐川抿嘴未答，我當他仍在意剛才的事，沒有多問。

等我們趕到時，連梟已經在幫淺憶神君療傷。

沐川示意我別過去，搖頭道：「如果沒有猜錯，待會清納河就要變成屍骨河了。無論會發生什麼事，都不要離開我半步。」

我被他滿目肅色驚了驚，點點頭，往他身旁挪了挪，「我不會亂跑的。」

洞外凜冽的鬼氣漫天蓋地而來，探頭看去，是豔骨。

她冷笑一聲，五指化爪，往淺憶撲去。

我驚叫一聲，沐川猛地拉住我，往後退去，眼裡滿是警告：「不要插手。」

我咬了咬牙，往事雖已成定局，但我心裡不願看到淺憶就這麼死了，「可是……」

他低聲道：「她不會死的。」末了又添一句，「信我。」

我壓抑著不安，往前看去，連梟怒不可遏，咒術喝出，便見無數繩索將豔骨纏住，眼中滿是殺意，「本想讓妳多活半日，妳偏要苦苦相逼。」

豔骨一愣，怒道：「只有我能救她，你不娶我，我也不會救她。」

「妳以為我會任妳擺布？」連梟一步步走到她面前，「妳的心魄，就是最好的藥。」

豔骨厲聲道：「你娶我只是為了趁我不備，取我心魄？」

「是。」

決然的一字回答，毫無感情上的拖沓。髗骨怔了半晌，也不再掙扎，卻是冷冷一笑，「取心魄是禁術，用了少則折壽千年，重者喪命。她受了這禁術，也活不過千年。既然你願意為了她冒這麼大的風險，那就取吧。」

我忽然想起，連梟英年早逝，莫非就是用了這禁術？但如果真的用了，髗骨心魄被取，又怎麼能活，又怎麼會生下沐川沐音？

連梟沉聲道：「妳當真認為我不敢？妳傷淺憶在先，結黨大臣，妒賢嫉才，遲遲不擇鬼域繼任祭司在後，妳以為我都不知道？」

髗骨一句也不辯解，懨懨道：「看來你早就想除了我，那動手啊，我希望你不是折壽千年，而是跟我一起死！」

連梟不再多說，赤紅咒術環繞在髗骨身上，開始取她心魄。

髗骨似忍著劇痛，卻死死咬住牙關，連句痛呼也沒有，直到一縷紅煙從心口飄出時，終於是碎心般嘶叫起來。

我將頭埋在沐川懷裡，不忍再看，耳邊一聲震耳淒叫，我抬頭看去，卻被一股強大氣流沖向後面。沐川長袍一裹，將我卷在裡面，用手臂硬生生地擋去氣流。

「連梟，你以為取了心魄便能殺了我？你大概忘了，我可是鬼域最出色的祭司，即使沒有心魄，我也能活！我要殺了你，殺了這賤人，毀了鬼域！」

那心魄一取，髗骨肉體一散，繩索束縛已對她無用，魂體飛出，青絲飛揚，大紅嫁衣映得她眼神狠厲，猶如惡鬼。

連梟面色青幽，嘴角已滲出血跡，雙掌合十，織了血網，將她魂體罩住，咒術最後一字我聽的分明，「封！」

話落，血網拖著髗骨沉入河水源頭，那河水立刻污濁晦暗，泛著濃郁黑氣。

我愕然，抬頭顫聲道：「沐川……」

他面色也十分不好，「我在王宮見到髗骨，記憶中的母妃並非如此，便猜到她不是我生母。父王察覺到後，便將我囚禁宮中。」

「如果髗骨不是你生母，那……」我詫異，「難道淺憶神君才是？」

我被自己的想法嚇了一跳，又或許真是如此，因為神君化了凡體，從未被人認出過，沐川卻能一眼看出，我只當他是修為高深，卻不曾想過這點。只怕沐音再過幾年，也會有這種「天眼」了。

如果將淺憶神君的面貌換成髗骨，再以已成親為由，請辭大祭司之職，隱居深宮，這種可能性是有的。

真相越發明朗，卻也讓人驚異。

只怕連梟一開始就打算這麼做了，不放手淺憶，將她留在自己身邊。神界即使找不到人，也不會來鬼域王宮裡尋，而大祭司出嫁請辭，也是合情合理。

難怪史籍沒有記載，難怪外人不知清納河變成屍骨河的原因。

鬼域王族的人，果真行事謹慎。

洞內終於平靜了，連梟將心魄注入淺憶體內，又生生吐了一口血，向我們看來時，目光疲倦，「這河竟是因我而變成如此，想不到我親手害了我的子嗣。」

我問道：「咒術要如何解開？」

「無法解開。」他斷然道，「髗骨的修為極高，又修煉了數千年，以你們的能力，解開後根本壓制不住，只會讓她重生，到時候，鬼域亡矣。」

我頓覺悲涼，即便知曉屍骨河為何會變成如此，卻還是沒有辦法。

難道我和沐川，這一世，只能遙遙相望嗎？

沐川開口道：「我們回去。」

我無比沮喪，看著他道：「我不甘心。」

他點點頭，手撫在我臉上，「我也不甘心。」

不甘心又回到了原點，連上代鬼王都說沒辦法的事，或許真的不能解除了。如果要沐川冒著鬼域被吞噬的危險去解開封印，我也不願如此自私。

沐川緩聲說道：「宿宿，只要我們還活著，總會找到辦法。」

我點點頭，卻是越發難過，抬頭看了看連梟，他抱著淺憶神君，沒有留住我們多說兩句的意思。

腳下白熾的光圈浮現，雙腳往下陷去，我抱住沐川的腰身，往他懷裡鑽，如果能一直這麼抱著，一定是件極幸福的事。

疼痛感頓現，我將他環得更緊，耳邊傳來他的低喝聲：「宿宿，鬆手，妳想死嗎？」

「我不要！」

讓我多待在他身邊一下，以他的修為，暫時不會疼吧，心跳聲仍是正常的。我不想鬆開，這一放，不知道要隔多久了。

他掰我手指，我咬牙喊道：「我不要！你不能放開我！」

那力氣越發的大，我指骨都被掰疼了，忍痛放開，看著他在光圈中越離越遠，直到看不見。我重重落地，白光消失，隔著朦朧水光看去，早已不見他蹤影。

過了許久，樹林外傳來急急的腳步聲。

看到真女時，我拉住她問道：「沐川呢？」

「安然回來，清淵大祭司去尋他了。」她問道，「發生了什麼事？沒找到線索？」

我將事情跟她說了一遍，越說越覺得難受。

真女沉思許久，拉起我的手道：「先回神界。我這次去找瑤池上仙，她曾跟我說過，如果無功而返，可以去與她說說詳情，上仙有八千年的修為，或許能幫妳。」

我那顆絕望的心再度燃起希望，點頭道：「我現在就去！妳幫我告訴沐川，讓他等我回來！」

「好……」

不等她開口，我便疾步向往生門跑去。

只要還有一絲希望，我就滿足了，至少不會讓人徹底墜入深淵。

出了大門，我解除了浮雲的封印，一躍而上，「去找瑤池上仙。」

「好。」它一面疾飛，一面說道，「瑤池上仙修為雖高，但是說到咒術，比上神還略低一些吧。連上神都做不到的事，她怎麼會輕易許諾讓妳去尋她？」

我猛地一頓，耳邊的風還在急速掠過，思緒卻各種飄轉。如果……如果浮雲說的話是真的，那就是真女在騙自己。

想起真女那毫不挽留的眼神，我驚了驚，「回鬼域。」

往生門未關，門口出來一個人，抬頭看來，已是滿面肅色，直接迎了上來，落在浮雲上，「停下。」

我盯著她道：「真女，妳要做什麼？」

真女眸子微縮，說道：「難道妳真的想死嗎？你們去了一次屍骨河回來，河水更加污濁，怨靈作祟到無法控制的地步，如果妳和沐川再相近，恐怕就是死路一條了。妳的心應該已經被啃食大半，就算妳想死，我也不能讓妳死！」

我坐在浮雲上，倒是平靜下來，看著她道：「真女，我喜歡沐川，所以我連命都能捨棄。如果沒有任何辦法解開怨靈，我更不能獨自離開，哪怕相守最後幾日也好。」

見她目光微動，似有動搖之意，我又道：「想必妳也知曉，我和他，沒有幾年可活了。」

「妳休想說動我。」真女眼神一斂，冷聲道，「回神界的話，妳可以多活幾年。」

「沒有他，我多活幾年又有何意？」我無奈道，「已經沒有方法能救我們了，沒有了……」

見真女垂手嘆息，我跳下浮雲，從她身旁掠過，向往生門衝去。

「卿宿宿！」

我未理那怒喝聲，只有一個念頭，哪怕是最後一面，也得見一次！

可是到了門前，明明是開著的，卻被硬生生彈了回來，撞得我頭暈眼花。

我愕然，門上竟設了靈力牆。

第十章　終章

我跌坐在門外，看著那進出自如的鬼魂，自己伸手去摸，卻穿透不過。我捶打著靈力牆，嘶聲道：「讓我進去！讓我進去！」

真女拉住我，急聲道：「沐川讓我帶妳走，妳又何必辜負他！」

我驀地明白過來，之前的猜測，竟不是我多想了！

「真女！」我握住她的雙臂，盯著她道，「妳知不知道他要做什麼？要是我不進去，不在他身旁看著他，他就會自己跑去解屍骨河的封印了。髑骨恨連梟和淺憶，如今他們都死了，定會殺了沐川洩恨的！他是要以自己的性命去解開我身上的怨靈啊！」

真女愣住，抖聲道：「他堂堂一個鬼王，絕不會如此放低身分和尊嚴去求別人，妳別再騙我了。」

「真女，他放開我手的那一刻，我就知道他找出了解封方法，連梟以王族靈力封印，只有王族後人能解除。沐川不說，是因為他想要我活下去啊！求求妳，解開靈力牆好不好？」

我喉中溢出鮮血，急得五臟翻湧疼痛，見她仍是不動手，我嘶聲道：「如果他死了，我也不會獨活！」

真女眼眸已紅，長嘆一聲，念了咒術，靈力牆瞬間化去。「宿宿，妳真是我見過最笨的人。」

我抹淚一笑，卻是一句話也說不出，轉身進了鬼域中。

沐川應該在屍骨河那裡，強大的鬼氣四散，映照得屍骨河上空的天色極其幽暗陰鬱。

我心裡一驚，莫非已經開始解封了？

才剛進樹林中，便見一道道光束相抵，四周沙塵滾滾，看不清楚裡面發生何事。我俯身而下，衝進沙塵中，只見兩個相纏而鬥的身影，竟是沐川和沐音。

離沐川越近，越是疼痛難忍，興許他也察覺到了，半是詫異半是惱怒地看向我。

我避開他的視線，轉而迎向沐音，施了咒術將他的靈力扣住，飛身拖到百米外，擒住他的雙手，問道：「為什麼要跟你兄長打起來？」

沐音掙脫不得，急道：「他想耗盡靈力解封這屍骨河的怨靈！」

我轉視面若寒霜的沐川，字字道：「你活，我便活；你死，我便死。」

在我面前，總說要一起活，但是一轉身，便想自己去赴死，換我性命。

這恐怕是最自私又最無可奈何的事吧。

他凝眸看來，沉默不語。

我起身朝他走去，他立刻回過神，往後退了幾步。

沐音抬手拉住我，滿目痛色，「宿宿，求求妳，不要折磨王兄，也不要再折磨自己了。」

是啊，如今的我和他，已是互相折磨，無論是一起死，還是從今以後遙遙相望，都是在折磨罷了。

怨靈腐蝕的速度越來越快，我和他能接近的時間也越來越短，恐怕以後，我連鬼域都不能進了。

見他遲疑許久，終是轉了身，我努力忍著劇痛，沒有出聲留他。

「宿宿，我會加倍努力修行，我來解除封印，這樣妳和王兄都不會受傷了。」

我淡然笑了笑，點頭道：「好。」

只是那時，我早已化成白骨了吧，畢竟怨靈是那般地強大。

我提起裙襬，往屍骨河上游走去，沐音跟在一旁，小心問道：「宿宿，妳去哪裡？」

「去找髗骨。」

山洞和五千年前差異不大，人才站在洞口，就已感到陣陣陰風襲來。

我攏了攏衣裳，說道：「你是王族的人，髗骨看見你，恐怕要發脾氣了，你在這裡等我。」

沐音蹙眉，執拗道：「不可以！萬一她傷了妳怎麼辦？剛才聽王兄說了髗骨的過往，就知道她是個極心狠的人。」

「她已經被封印起來了，不會有事的。」我淡笑道，「你如果進來，只怕她會一同遷怒我，你不忍心見我又發作吧？」

見他遲疑，我不禁又默嘆一氣，說他有危險，他不顧；說會牽連到我，他倒是點頭應聲。

「嗯，妳要小心。」

「好。」

我提步往裡走去，泉水仍在涓涓流出，卻是濃黑的水，讓人看得心中不舒服。

我化咒取了一滴心血，裹著淨化咒，彈入源頭中，立刻聽到一聲怒吼，似在說些什麼，卻又聽不清楚。

我雙膝著地，念了通心咒。

「髗骨，妳可聽得到我說話。」

「髗骨，循著我這紅線而來，就可入我心境。」

我默念數十聲，魂體出竅，緩緩睜開眼，面前赫然站著一個身著大紅嫁衣的豔絕女子，冷豔而傲然，眸裡滿是怨毒的憎恨。

她冷聲道：「妳倒是大膽，把我誘進妳心境中，不怕我直接吞噬妳的心？」

我定了定身，說道：「反正再過不久，妳也要吞噬我了，早晚又何妨。」

她驀地笑了起來，聲音在白朦幻境中淒厲駭人，「妳引我過來，總不會是跟我閒扯吧。」

我點點頭，問道：「妳要如何才能放過我和沐川，還有鬼域？」

「不可能！連梟負我，我定要覆滅鬼域，剿殺王族！」

「難道除了這些，就沒有其他讓妳留戀的事？如果妳真的這麼做，日後又該如何？」

「妳明白什麼？」她厲聲喝我，眼眸一轉，忽然露出絕色一笑，「我倒是不一定要這麼做，妳幫我辦件事，事成後，我可以放過王族，放過鬼域。」

我忙問道：「什麼？」

「找回我的心魄，把它帶給我。」

我警惕地看著她，說道：「妳取回心魄，靈力全歸……」

她若反悔，恐怕拿回心魄的她，更會將鬼域鬧得天翻地覆。

似是看出我的遲疑，她沉聲道：「我與妳定下生死咒。」

聽到這三個字，我才放下戒心，生死咒雖不是什麼上乘咒術，卻是最有約束力的咒術。若下此咒者，有一方違背契約，將立刻魂飛魄散。

我抬頭看著她，問道：「妳不是恨鬼域恨王族嗎，若取回心魄，妳真可安心離去？」

她忽然笑得極神秘，「妳尋到那心魄時，便知曉了。我若復原，這封印也奈何不了我，但我會依據跟妳的約定，不傷害王族，不傷害鬼域。」

從山洞出來，我看著手上髑骨給我的一滴血，用它可以尋到心魄。

雖和她定下了生死咒，但總覺得不安，她被封印幾千年的怨氣，真會那麼容易消散？

沐音見我出來，已迎面而來，「宿宿。」

我忙收起掌心，笑了笑：「看，我不是安然出來了嗎。」

他也是鬆了口氣，猶豫片刻，才問道：「妳現在要去何處？」

我默了默，說道：「回神界，你送我去往生門吧。」

「嗯。」

沐音不疑有他，一路送我到了鬼門，我與他道別，飛身往神界而去。

一段時間後，想著他該走了，便又折回。

那滴血引向的地方，是西北方，若在城鎮，倒是繁榮，偏偏還翻過了三座山，連半個鬼影都看不見了，血滴還在一直晃動，根本沒有停下的意思。

我擔心自己的仙氣散得太厲害，又驚動了沐川，如果他知道我跟髗骨定下生死咒，不知道會氣成什麼樣子。以他的脾氣，定會說我竟然去相信那種一看就不像好人的人，缺心眼。

我的條件是髗骨拿回心魄後，不許害鬼域和王族，此生不許踏入鬼域，為害三界；髗骨的條件是，若不將心魄交還她，我將魂飛魄散，連輪迴道也無法進入。

血珠的顫動終於慢慢減緩，我低頭看著一座座高峰，離那心魄，又近了。

原本平靜的心又緊張起來。

據說鬼域王族都是葬在王陵中，既然淺憶神君頂替了鬼后，死後自然也葬在王陵，可這裡，已經離王陵甚遠。

莫非是淺憶神君死後現了神體，連梟怕被人發現，於是將她葬在遠處？

血珠終於不動了，我往下一看，是一處懸崖峭壁，望不見底。

不知是離那鬼域皇城較遠，還是這裡綠木林立的緣故，鬼氣極淡薄，若不仔細感知，剎那間還以為自己在人間。

我循著血珠指引的方向去，懸崖下仍是青蔥大樹，生得極密，走了幾十步便被灌木叢擋住去路，踏樹而行，血珠又往下引去。

行了半日，血珠終於徹底不動了。我戳了戳它，啪地化成紅煙，消散在眼前。我俯身衝下，本以為迎接自己的將會是一座墳墓，卻不想竟是一間竹屋，而且還有活人的氣息。

我怔了片刻，腳尖落地，看著這乾淨而簡陋的竹屋，恍了恍神。

有人住在這裡。

「妳終於來了。」

一聲嘆息從背後傳來，我猛地回過頭，見到那張熟悉的面孔，愕然道：「淺憶神君，妳……沒死？」

她眼中滿是落寞之色，比那五千年前，更甚。

「我已經等妳等了很久、很久……」

「妳為何……」我搖頭道，「妳不是……死了嗎？」

她搖搖頭，嘆道：「那豔骨，原是貓族後代，貓有九命，我得了她的心魄，死了五回。以我這一千年一回來算，我還要熬上幾千年。」她甚是無奈地笑了笑，「一個人，實在太寂寞了。」

「連梟也知道豔骨心魄的事嗎？」

「知道。」她淡笑道，「他明知自己因用禁術，不能與我同活數千年，但還是取了她的心魄給我。不能與所愛之人長守，不能與子嗣共活，我寧可選擇和他一起死。」

我看著她那未變的容貌，眼中卻滿是滄桑，問道：「妳怎麼知曉我會來？」

她淡淡道：「既然妳知道屍骨河之事，定會去找豔骨，以豔骨的性子，她恨我入骨，恐怕第一個條件，便是讓妳來殺我。」

我突然想起豔骨的要求，取心魄，淺憶的確會死，那就等於，我要親手殺了沐川的母親。豔骨果真狡猾，如果她直說要我殺淺憶，我定然不會答應，換了個說法，性質卻一樣。

如果我不殺淺憶，三天內不取到心魄，就等於是毀約，生死咒一發作，我會立刻死去。

好狠毒的女人。

淺憶說道：「神君，取這心魄走吧，我終於可以安息了。」

我斷聲拒絕：「不行，取了它妳會死！」

「活了那麼久，還有什麼意思？」她定定看我，「我無法自己取出，也不能讓其他人知道我的事，只能等著妳來。四千年，我等了妳足足四千年，難道還要我再多等一個四千年？」

「我不能這麼做。」我退了兩步，不光是因為她是沐川的母親，更因為她是活生生的一個人。

「妳不是殺我，而是在救我。」淺憶眼中沒有一絲留戀，「動手吧。」

我轉身便走，不能殺，不能取，反正我已沒有幾日可活，即使觸發生死咒，也無所謂。

「神君。」她一躍而來，擋在我面前，「髗骨雖心狠，但我並不怨恨她，我曾想過要讓她取回心魄，但連梟離世前，在屍骨河方圓百里布下靈力牆，我不能進入。若不是如此，我早已解脫。」

「不行就是不行！」我惱了，「妳只想著解脫，但妳可曾想過，我心中會有多難過，沐川知曉後又會作何感想？」

淺憶微微愣住，驀地笑了：「是啊，我太自私了。」她嘆道，「因為我寂寞太久了，妳能理解一個人在這深山老林中，獨自住了四千多年的感覺嗎？」

我抿嘴不言，連梟死後，她便一直居住在此嗎？那孤寂的滋味，或許真的很難受，可我還是下不了手。

我又欲離開，淺憶忽然朝我跪下，「妳走便是，我跪上千年也無妨。」

我也跪了下來，「陪妳跪。」

耍賴，還沒人比得過我。

她定定看著我，忽然笑道：「真是個倔強人。」

她突然念起我不知道的咒術，聲音悠悠揚揚，好似夢囈聲，又像淺唱低吟，我也跟著念了起來，曲調優美極了。

我猛地睜開眼，卻已管不住自己的嘴，句句咒術念出，往她看去，心口已亮起紅光。

這根本就是取心魄的咒術！

淺憶皺著眉，一字一句念著，她竟借我之口，取出自己的心！

她修為比我高數千年，我根本掙脫不了，那字字咒術同聲念出，我已是滿面淚水。

住手，求妳住手！

最後一字念下，那赤紅心魄落入我手中，淺憶面上已無血色，嘴角滲出鮮血，淡聲道：「終於……解脫了。」

我爬過去扶起她，哽咽道：「我帶妳回去找人求救，妳不能死。」

她幽幽地嘆息一聲，身體瞬間化作沙塵，隨風而散。

這嘆息，是在嘆苦守的時日終於結束了嗎。

我含淚嘆氣，將心魄收入掌內，起身看著這竹屋，彈指而去，竹屋瞬間化作煙霧。

從林中出來，日暮已下，離那生死咒之限，又近了。

也不知是多久沒回來，推開門，撲了我滿臉灰塵，嗆聲咳嗽起來。我趕緊走進裡面，打了水，擦拭桌椅。

忙了一整晚，終於打掃乾淨了，出門，上鎖，看到我擺在門外的那些石頭，我笑了笑，將它們放在屋簷下。

「石頭啊石頭，等我歸來，一定要把石頭家族發揚光大。」

朝陽升起，一眼看去，白光奪目。我蹦蹦跳跳地走到翠竹林，就聽見裡面傳來麻將聲，我一出現，便見江湖驚得從凳子上跌了下去。

「重生！」

「嘿嘿。」我負手繞了一圈，笑道，「介不介意我打一局啊？」

眾人紛紛相覷，似有話要問我，到底還是沒問出口。

瞅見有空位，我立刻占座，搓著牌道：「今天我要大開殺戒！」

穿越君問道：「重生……妳怎麼像個沒事人，難道妳身上的怨靈解除了？」

我眨了眨眼，「沒呀。」

話一落，一眾神君紛紛斜睨。

「……缺心眼。」

「缺心眼。」

「對，重生向來缺心眼。」

「只長個子不長心。」

我怒道：「再吵我掀桌啦！」

眾人一頓，又鬧開了。

「脾氣也不好。」

「對，人長得不漂亮，脾氣還不好。」

「真不知道鬼王怎麼看上她的。」

我以為上次在財神君那裡蹭的財氣未消，今天一定可以贏，沒想到手氣極差，在我欠下他們三年零七天的俸祿後，他們終於翻臉了……

我甩了牌，起身道：「哼，我遲早會回來把你們的內褲都贏掉！」

眾人頓時臉黑得如鍋底。

任務君冒出來時，眾人猛地起身要逃，我跨步攔住他們，「嘿嘿，想逃，沒這麼容易。」

「喂，重生，妳太不厚道了，妳確定任務不會落妳頭上？」

「不會，我現在是病人，上神不會這麼沒人情的。」我得意地笑著，見任務君板著臉看我，我咽了咽，「不會……真找我吧？」

任務君點頭，直到我哀號出聲，他才又道：「上神找妳。」

混蛋！話一次說完會怎樣！

我慢吞吞地前往大餅店，看到那刺眼的金字大匾額，哼著曲子走了進去。

大餅神還是在釣魚，我想我要是池子裡的魚，一定乖乖潛伏在水底，絕不上鉤。

「上神。」我席地而坐，扯了扯他的魚線，說道，「真女都跟你說了？」

「說了。」上神放下魚竿，捋著鬍子道，「禍兮福所倚，福兮禍所伏。世間萬物，眼中所見已到盡頭，卻未必全然如此。鳳凰涅槃，尚可在浴火中重生。」

「上神，你可以直接說重點嗎？」我聽得兩眼都發直了。

上神挑了挑長眉，點頭：「自然可以。至善至純，至惡至濁；何處而生，何處而終。」

越說越暈，我低頭把玩著手上的青草，說道：「髗骨讓我去拿回她的心魄，我們也立下了生死咒，但是我不打算把心魄給她。」

「為何？」

「髗骨是貓，貓有九命，即使淺憶神君已經死了五次，也還剩四次。也就是說，她可以毀掉契約，肆無忌憚地去殺王族、滅鬼域。」我嘆氣道，「他們說的沒錯，我缺心眼，怎麼會去相信她。如今心魄我不會還給她，死便死吧，反正也沒幾日可活了。」

髗骨一開始，打的就是這個主意。我殺淺憶拿心魄，她贏；我不取心魄，我死，她還是贏。把心魄交給她，她再次重生，即便毀約，也無礙。

無論怎麼算，都是她贏了。

可是她算漏了一點，我寧可自己赴死，也絕不會讓她得逞。

上神問道：「那妳打算如何？」

我看著那碧綠池水，笑了笑，「留在神界，等著咒術自罰吧。」

如果沐川知道，恐怕會讓我把心魄交給黜骨，然後自己再去面對那個可怕又詭異的對手吧。

與其如此，不如讓我安安靜靜地赴死。

只是，還想再見一面。

我跑到人間去，讓人將白袍裁薄，束起一個簡單的髮髻，往那水潭一照，真像個凡間女子。

我心滿意足地往往生門去。

還未到清淵府，已嗅到了桃花香氣，我一如既往地躍牆而入，看著這不符合花期而綻放的桃花，又想起第一次見到花花的模樣，傻得可愛。

這桃花園不見她人，倒是讓我遇上了清淵。

「她在房中午睡。」

「我是來找你的。」

他微微意外，淡淡道：「什麼事？」

「來拜託你照顧好花花。」我瞇眼看他，「要不，趁我還活著，你們把婚事辦了吧。」

見他抿嘴不語，我撓撓頭，又道：「好吧，我說完了，我走了。」

反正以他那種性格，很難挖出他心裡想法，只要他對花花好就行，對我如何都無所謂。

在我快要跳過牆時，才聽他說道：「兩百年後。」

砰！我失神摔落在牆外，想再跳進去，他的氣息已經遠了。

喂，你竟然要兩百年後才娶花花，就算她現在是顆小桃花，兩百年也太久了吧！

我默默吐槽著他，忽然想到花花當時散了靈氣，如果體內侵入鬼氣，恐怕會傷了性命。再修煉兩百年，不多不少，應該能開始生個鬼娃子了。

嘖嘖，這個冷面佛，考慮真周到。

我放下心來，笑了笑。

梨園與桃園的景象全然不同，雖然桃花也有白色，卻與梨花的白截然不同，梨花的白，更醉人。

我儘量掩了氣息去尋沐川，免得我還沒走到，他便躲開我了。

地上滿是花瓣，風拂過，頭上腳下便飄飛起花兒，似人間畫卷，美不勝收。

梨園的長椅還在，那身材頎長的男子仰躺在上，身下白裘鋪開，像是一塊精緻的白玉，不惹塵埃。

我閃身過去，在他起身那一刻，將他壓在長椅上，笑道：「不許逃。」

他撫著我的臉，看了看我身上的衣裳，說道：「像第一次見妳時，好看。怎麼又來了，怕我真去解印嗎？」

「是啊，我怕你去做傻事，丟下我一個人。」我低頭輕啄了他的唇，還帶了點酒香。

「不會的。」他淡笑道，「我只是想，若妳修為不夠，我渡給妳便是，至少我們可以一起死。」

我微微愣住，笑了笑，「好啊，現在給吧。」

不等他作答，我便低頭吻他，將他嘴裡的溫度一點一點地攝取過來。

他環手而來，將我腰身壓下，我突然想，如果有機會，定要把這長椅弄得寬大些。

察覺到他身體僵住，我才撐起身子，看著他笑道：「定身咒很快就會解開了，你可以選擇睡一覺，或者在這裡瞪眼一個時辰。」

他沉聲道：「宿宿，妳要做什麼？」

「我啊，不想你死。」我笑著，看著他心口的黑氣慢慢聚集在手心，背脊全冷了，「怨靈之身能取走他人的怨靈，這是芍藥花偷偷告訴我的。她想要我把你身上的怨靈全挪過來，但是我當時沒恢復記憶呀，我才不要。」

「宿宿，妳已經難以活命，再添一個，會死！」

「無所謂呀。」我笑了笑，眼已濕了，「這樣一來，你就能好好活著了。」

沐川，你要好好活著，這怨靈，就由我來終止吧。

他體內的怨靈一入我心，差點讓我暈厥過去。我大口喘著氣，費勁地從他身上爬起，顫顫下了地，仍是笑道：「不要小看我下的咒術，這可是我用了很大力氣才跟上神學來的，你要是太早解開，我會難過的。」

「宿宿！」

不顧帶著怒意的聲音，我腳下生風，忍淚往屍骨河飛去。

我只是想明白了，其實連梟不是不愛淺憶，而是因為太愛她，捨不得她死去。我也不捨得沐川死，即便知道留他一人在世上會覺得孤寂，還是不忍心讓他和自己一起消失。

屍骨河比往日更加陰森，我掌心泛疼，那心魄似要破了束縛逃出來，我強壓住它，只聽髗骨的聲音飄蕩在天地間。

「快將心魄給我，生死咒已下，妳還在擔心什麼？」

我將那心魄摁在手心，說道：「淺憶神君告訴我，妳是貓，即使毀了契約，妳也不會死。」

「那又如何！妳不交還我，妳便會死，難道妳要用自己的命救毫無瓜葛的鬼域？」

我眨了眨眼，將那心魄扔到空中，掌中閃出一道光束，瞬間刺穿它。光一過，便見它裂成兩瓣，剎那間又復原。我反掌，又是一道。

「住手！住手！」

光束反復四次，終於見它化成一堆血水。

「哈哈，妳剩下的四條命，我幫妳折騰完了。」

「……」

我看著那翻湧的河水，笑道：「淺憶神君已經死了，但不是我取了她的心魄，而是她自願將心魄給我。她說，即使妳對她做過那樣的事，她也不恨妳。」

「該怨恨的人是我！那賤人有什麼資格恨我！還有妳，明日生死咒期限一到，妳便去死吧！」

我搖頭道：「不，我決定今天就死，跟妳一起。」

「連連梟都不能滅我，妳一個小小神君，能奈我何？」

「因為我是石頭神君。」我定聲道，「石頭資質愚鈍，能成仙的，世間罕有。石頭本無心，比那至純的芍藥花，更無瑕疵。芍藥花能淨化怨靈，我也能！」

「即便如此，以妳之力，根本無法淨化我！」

我雙手交握，散去一身靈氣，剎那覺得心中塵埃盡散，那修仙之後所帶來的七情六欲，已盡數消散，只覺得滿滿的靈淨之氣環繞在身，不受一絲污濁影響。

髗骨聲音駭然，「不要，住手，我不甘心，不甘心！」

我縱身躍入河中，一股股強大的氣流將我捲入河底，髗骨嘶喊著，我緊緊扣住手指，慢慢淨化她心中的怨氣。

一抹髗紅的霧氣從我心口散出，慢慢包裹住我。

「妳大概忘了，我已侵蝕了妳的心，憑妳之力，怎能奈何得了我，太天真了！」

心口的疼痛蔓延全身，如果沒有被反噬，我一定可以徹底淨化她。現在卻只能看著自己慢慢被她淹沒，不過這樣也好，她還是無法逃脫封印。

「宿宿！」

沐川的聲音傳來，我猛地從困境中驚醒，抬頭看去，他站在岸邊，往我的方向看來。

髑骨雙手扼住我的脖子，厲聲道：「去死！」

見他要跳下，我嘶聲道：「不要！」他再進來，豈不是又會沾染了怨靈。

可是身體已經沒有力氣，我怕是……無法將她的怨靈之氣消去。

只是差一點，就差一點。

「嘎！」

眼中迷離，我恍惚地看向那團雜色撲向髑骨，我才想起那日將牠揣在袖子裡，一直沒放出來。

「ㄚㄚ！」

本以為ㄚㄚ是以卵擊石，卻聽到髑骨慘叫起來。

我趁機揮開她的手，念起淨化咒。

ㄚㄚ已活千年，又是那樣與世無爭、快快樂樂地活著，一心一意等我和沐川歸來，帶牠重回人間，或許牠心中的至純之氣，並不比芍藥花或我差吧。

「和我一起死吧！」

骷骨嘶聲力竭，一掌擊穿我心口，我耗盡最後一絲氣力，放出最後一道淨化咒。

「宿宿！」

耳邊聲音已經模糊，我伸手拽住ㄚㄚ的腳，自己的手也跟牠一樣，開始虛化了。

我仰頭看向沐川，沐音在一旁拉著他，還好沒有跳下來。

河水漸漸清澈，那骷骨，終是徹底消失在世間了。

真好。

我緩緩閉上眼，聽到沐川喊我的名字，輕聲道：「等我。」

神君魂飛魄散，連輪迴的資格都沒有。

但是我若不留下這句，日後的時光，只怕他不易度過。

等我，雖然我知道，我們已無再相見的可能。

願得一人心，白首不相離。

經歷了那麼多，分別千年再相見，卻還是無法再一起啊。

即便如此，我無悔。

身體傳來陣陣暖意，睜眼看到滿目朦白，我以為自己還在夢裡。只是看到一張白鬍子白眉毛的臉後，我不滿地翻了翻身，從軟墊上滾落，摔了個腳底朝天。

「哎喲。」我疼得揉揉肩，起身說道，「原來不是在做夢啊。」

上神斜睨我，「莫非妳是看到我在這，才覺得自己在做夢？」

我怯怯一笑，轉念一想，差點跳了起來，「我沒死！」

上神看我這麼開心，突然正色道：「不，妳已經死了。」

「……我分明沒死，大餅神！」

上神臉一抽，「大、餅、神？」

我認真地道：「這是任務君、小江湖、真女、穿越君、宅門君、阿宮、空空一眾神君給你取的外號。」

「妳沒參與？」

我點頭，「沒。」

上神白了我一眼，我摸摸臉捏捏腿腳，問道：「我真的還活著吧？照理說，神君魂魄一散，不就徹底消失三界了嗎？」

上神爽朗地笑了笑，說道：「妳可知道鳳凰涅槃重生的寓意？如今妳便是那隻鳳凰。石頭本無心，也無神，妳修行萬年，終於得了一顆心，修成元神。如今妳與怨靈同歸於天，魂飛魄散，但是妳的心和元神，卻不在這魂魄中。我將妳的元神散入輪迴道，若是有幸，便可重生為人。若是不幸，那便永世飄零三界。」

我嚇了一跳，「萬一我是後者怎麼辦！」

上神思索片刻，沉吟道：「只能說妳很倒楣。」

他笑道：「去吧，唯有重生，方可讓妳再世為人。」

「……可惡的大餅神。」

我還沒問能不能讓我再見沐川一次，就被上神一腳踹入輪迴道了。

「就不能先說嗎！」

如果要卿宿宿回答街尾跟街頭有什麼不一樣，她定會說街尾大餅鋪的燒餅比街頭包子鋪的包子要好吃。

所以住在街頭的卿宿宿三不五時就會帶著牙牙學語的弟弟去蹭卿將軍的腿，要了銀子便跑去買燒餅吃。

「牙牙，記得待會回去要把嘴抹乾淨，不許讓娘親發現。否則她不但要罵我們，還要罰爹爹睡書房。」

男童仰頭應了一聲，「呀！」

卿宿宿拉著弟弟胖呼呼的手，不厭其煩地又叮囑了一遍。雖然每次都是她嘴角有油漬被娘親發現……

「大餅叔叔，我要兩個燒餅。」

卿宿宿墊起腳遞上銀子，接過兩個燒餅，遞了一個給弟弟，便坐在一旁的石階上吃了起來。

邊啃著香噴噴的餅，邊曬著午後太陽，實在是舒服得很，卿宿宿覺得這輩子就這麼過，也挺好。

倏地，面前陽光被遮住，卿宿宿惱怒地抬起頭，一張俊俏的臉龐映入眼中。

見他看著自己，她拽緊了手裡的餅，警惕道：「幹嘛？」

男子蹲身下來，緩聲道：「我找了妳七百年，妳終於捨得出現了嗎？宿宿。」

啊？卿宿宿撓撓頭，這是要騙她的燒餅嗎？她下意識往後退去，臉離他遠了些。

「又過了一個七百年，妳還想逃嗎？」

卿宿宿睜著大眼看他，小小的身子已被他攬進懷中，耳邊傳來他溫柔的嗓音。

「這一次，不會再讓妳一人離開，宿宿。」

——《重生君的忙碌日常02》完

番外　眾神君被坑記

這幾日翠竹林最紅的一條消息就是——

「神界昔日女壯士、女賭神重生君投胎轉世啦！」

「聽說重生君投胎成人了！」

「的確是，聽說母親是大戶人家的小姐，端莊賢淑，這丫頭性子該嫻靜些了吧。」

「可是據說她爹是大將軍……」

瞬間，眾神陷入靜默。

過了幾年，在翠竹林搓麻將吃火鍋的眾神君百般無聊，於是——

「話說重生應該七歲了吧。」

「是啊是啊，聽說上神準備幫她培養仙根，再列仙班呢。」

「什麼？那豈不是過個幾十年，又得被她折騰了！」

眾神再次靜默。

忽然，有個人說道：「趁她還沒成仙，先給個下馬威啊！」

眾神君眼睛賊亮，閃過一道道精光。

卿宿宿覺得大餅店的大叔一定有問題，不然每次她的配料怎麼比別人還多，尤其是蔥花，大叔每次都要多撒一把。

大餅叔的回答是，小姑娘長得真可愛，叔叔多給些。

旁人見她的確可愛，又是個孩子，沒有在意。

其他孩童見了，神神秘秘地說：「卿宿宿啊，聽我娘說，人口販子要是看上哪家小孩，一定會對她好，然後把她拐走哦。」

卿宿宿恍然，難怪大餅叔對她這麼好。不過……大叔打算把自己拐到哪裡去啊？可以每天吃大餅然後不用背孫子兵法和做女紅刺繡嗎？如果是這樣，她倒想大大方方地告訴大餅叔，快來拐了她！

可惜大餅叔一直都在做燒餅，沒空拐她。

於是她每天多了一件事要做，就是蹲在大餅鋪前，等著被拐！

這天日落，正往家裡走去，耳邊飄來一道聲音。

「小妹妹。」

卿宿宿回頭一看，是個白白淨淨的男子，她眨眼道：「什麼事？」

江湖俯身嚶嚶道：「重生妳這個笨蛋，終於活過來了，還長得這麼可愛，讓我怎麼忍心下手欺負妳……」

卿宿宿眨了眨眼。

話還未說完，已被人推開，宅門君蹲身下來，「重，妳瘦了。」

空間君嘴角一抽，「瘦……她還是個小孩，當然瘦。」

「不是……你看……旁邊……那個小胖……子就圓潤……多了，跟麻糬一樣，呵呵呵呵……」瘟神君拖著音道，立刻被小胖子的娘親狠狠瞪了一眼。

「話說……」財神君在一旁托腮道，「我們不是要來欺負她的嗎？」

卿宿宿瞪大了眼，往後挪了挪，背後還站著一個人，她仰頭看去，穿越君瞇了瞇眼，「妳欠了我七百多年的賭債，什麼時候還我！」

「不許欺負宿宿！」真女瞪眼道，伸手捏了捏她的臉，「要是把她嚇壞了，我唯你們是問。」

眾人斜睨，「女尊君妳才把她嚇壞了吧。」

「我明明比你們都像好人。」

「等等。」江湖君抬手，「我嗅到……任務君的氣息了……」

眾人一驚，四下張望。

卿宿宿彎了彎眉眼，「哥哥姐姐，有人在追你們嗎？我知道有個好地方，人很多很多，不容易被發現喔。」

眾人感激涕零，「重生真是個好孩子，就算是再世為人也這麼可愛。」

卿宿宿笑靨如花，眉眼都彎成了月牙，蹦蹦跳跳走在前頭。

眾神君跟隨在後，暗自悔改，重生我們不該欺負妳的。

拐了三條街，終於到了，探頭一看，果然是人山人海，嘈雜聲四起。

卿宿宿笑道：「哥哥姐姐在這裡等我，我去找客棧老闆，他有個密窖，躲進去大羅神仙也找不到你們。」

「成！」

一炷香……

兩柱香……

眾人察覺到任務君的氣息越來越近，正準備走，便見一個花枝招展的中年大嬸跑了過來，笑得亂顫，「果然是俊男美女，看來我這怡紅院終於可以扳倒飄香樓了。」

「怡紅院，這名字怎麼這麼熟。」

「點頭，的確很耳熟。」

「妓院啊！人間妓院必備名字，怡紅院！」

「我們被賣了……」

「不，是……我們被騙了！」

隔壁街，卿宿宿掂量著手裡錢袋，嘴角揚起，喃喃道：「一看就知道你們不是好人，此時不賣更待何時。」

看著那小小的身影漸漸遠去，石牆後面，隱約閃現兩個人影。

任務君道：「不去見見她？鬼王已經得到消息了，這幾日可能也會出現。你可以趁這個機會先接近她，或許……能奪得先機。」

一旁的黑衣男子看了許久，直到再也看不到那嬌小的背影，才緩緩道：「不了，這樣也好。即便重來十次，我想她的選擇還是一樣。」

——番外《眾神君被坑記》完

番外　再定三生

卿宿宿不想傻乎乎地把自己嫁掉。

即使聽說對方是此次狀元，才高八斗英俊瀟灑，也安撫不了她焦躁的心，於是她準備——逃婚！

可是卿將軍早有防備，爬牆被狗追，涉水沒船夫，山路遇山賊，每一條路線都會被人趕回家裡。

眼見明天就要上花轎了，她琢磨著是不是該用臨街大嬸一哭二鬧三上吊的方法。

「神仙啊，你不是早說我仙骨奇佳，他日必列仙班嗎？怎麼現在還不來接我成仙啊。」

卿宿宿甩著手裡的花瓣，百無聊賴。

雖然她認識的道士和尚都是騙子，但是世上有神仙一事，她還是深信不疑的。不然她小時候從樹上掉下來，怎麼會有輕風相接；兒時跟學堂的男童打架，第二天就看見他鼻青臉腫了；皇族大典被皇子欺負，後來就聽說被鬼怪嚇壞了……

所以她相信，她日後一定會列入仙班！

難道要等到她七老八十的時候？

她蹙著好看的細柳長眉，手裡的花已經被蹂躪殆盡了。

回到房內，看到擺在桌上的大紅嫁衣，真想一把燒掉，但她不敢，要是她這麼做，就換父親大人把她燒了。

「宿宿。」

咦，誰在叫她？

卿宿宿四下看去，不見人，聲音卻又感覺很近。

「誰……？」

「宿宿，妳又把我忘了，我是沐音，沐音呀。」

卿宿宿賠笑著，母鷹她倒是見過的……

「宿宿，明天妳就要嫁給我了，開心嗎？王兄出遠門三個月，我就趕緊跟卿將軍提親了。皇帝本想把女兒嫁給我，我才不要，就算是公主也比不上妳。我可是專門化了人身來娶妳的，哪像王兄，什麼都沒做。」

卿宿宿愣住了，狀元郎竟然是鬼怪？

還有，他到底在說什麼……

「宿宿，我很快就來娶妳，等我。」沐音叮囑完，心滿意足地離開了。

他化了凡人模樣，考取人間功名，就是為了能名正言順地娶她，等王兄回來，他們已經是夫妻了，嘿嘿。

「重生，重生。」

卿宿宿聽到房內又飄起聲音，還沒恢復的腳力，差點又軟了下去。這回她倒是看到實物了，不過……為什麼是一團白白的棉花？

浮雲見她呆住，翻了一個白眼，「妳呀，把我丟給女尊君，就自己跑去跟屍骨河同歸於盡了，讓我找好久。現在還愣著幹嘛，快點上來，我帶妳去找沐川啊，妳要是真嫁給沐音，等他回來，大概會被他掐死。」

卿宿宿傻眼了，一定是她沒睡醒，連像雲朵一樣的東西都會說話了。

浮雲等得不耐煩，俯身飄到她腳下，往前一撞，卿宿宿跌坐在它身上。

「走囉！」

「救命啊！」她被鬼怪挾持了！

浮雲才不管她的尖叫聲，不然等那陰晴不定的昔日鬼王回來，恐怕連尖叫的機會都不給她了。

卿宿宿還來不及跟它打好關係，浮雲已是一飛沖天，直入雲霄，驚得她哇哇大叫。

「吵死了妳，再喊就把妳丟下去啦。」

話雖如此，速度還是減緩了，卿宿宿總算從七葷八素的狀態中回過神，只差沒淚流滿面。

「白白，你要帶我去哪裡？」

白白……浮雲在心裡翻了個白眼，「帶妳去找沐川。」

「沐川是誰？」

「見了面妳就知道了。」

卿宿宿心想，就算見了面也不會知道的，因為腦子裡根本沒有這個人。她無奈地抓緊浮雲，生怕一個不小心被甩下去，或者被風颳跑。

浮雲的速度越來越慢，微涼的清風讓她漸感睏意，也不知道是什麼時候入的夢境。在夢裡，她白袍在身，乘著這雲朵一樣的生物暢遊空中，突然就狂風大作，嘈雜聲四起。

「重生妳還睡！快起來！」

卿宿宿猛地從夢中驚醒，哆嗦了一下，「好冷。」

「別跑，站住，入侵者殺無赦！」

什麼？卿宿宿轉身去看，只見幾個兇神惡煞的人，舉著巨型狼牙棒緊追在後。

「白白快跑，快跑！」

浮雲忍無可忍地吼道：「我這不是在跑嗎，難道不是在跑嗎！」

「啊……」

浮雲忽地一個翻身，背後襲來的狼牙棒是躲過了，但是她被甩了出去，徑直往下墜去。

白雲從眼中掠過，飛鳥從耳畔飛過，急速的風吹得她衣裳頭髮紛飛而起。

如果是別人，卿宿宿一定會讚嘆點頭，哇，真美。

但是換成自己……救命啊，要出人命啦，她這是招誰惹誰了。

「重生！」

浮雲被怪物擋了去路，又見另一隻怪物直線往她襲去。

卿宿宿這才看清他，不，是牠的面孔，那嘴上的獠牙，根本不是人啊……眼見那尖次要戳破她的腦袋，她驚地緊閉上眼，只希望一擊即中，反正橫豎都要死，還不如讓她痛快些。

意料中的疼痛並沒有降臨，耳邊的風聲也停了下來，似乎被什麼包裹住。她睜眼看去，只看到男人非常好看的側面，身體被他圈在懷中，目光卻狠厲無比，朝那怪物一掌揮去。

「滾！」

然後卿宿宿就看到剛才囂張得要死的怪物滾到天邊……

等他低頭看來，脊背立刻發涼起來，她乾笑兩聲，「謝謝大俠相救……」

沐川扯了扯嘴角，「妳怎麼來這裡的？」

卿宿宿見他面色還好，伸手指了指還在跟怪物抗爭的白棉花，「它帶我來的。」

沐川微微抬頭，指尖滑出一道紅光，刺穿了怪物手臂，怪物立刻哀號一聲，逃命而去。

浮雲鬆了口氣，扭著軟綿綿的身子飛了過來，「我把人交給你啦，我先回去了！」

再多待一會，恐怕要被主人折騰死了。

「別……」卿宿宿臉都要皺成一團了，白白長得再怎麼奇怪，看上去還是很俏皮親近。這個男人戾氣滿滿，說不定待會他就化身巨獸，把她給吃了，還不吐骨頭。

卿宿宿吸了吸鼻子，轉而道：「大俠，可以找個地面放我下來嗎？」

至少在地面上，她還有逃走的機會。

「不要喊我大俠，否則……」沐川瞥她一眼，把後半句掐掉了。

卿宿宿笑得臉都僵了，「那叫你什麼？」

他頓了一下，「沐川。」

「咦？你就是沐川？」卿宿宿在他懷裡動了動。

沐川應了一聲，「它帶妳來這裡做什麼？」

「我也不知道，總之明天我要嫁人了，然後今天出現了好多怪人……」

一股冷意襲來，卿宿宿見他臉色變了。

「嫁人？」沐川盯著她，「嫁給誰？」

卿宿宿嗓音微顫，「當朝的狀元郎，他說他叫沐音。」

沐川忽然笑了笑，卻是笑不及眼，「他竟然還不死心。」

「你在這裡做什麼？為什麼白白要帶我來找你？」

「找鬼母草，吃了它，就會變成鬼了。」

卿宿宿哦了一聲，又回過神，眼睛一亮，「你是神仙？」

「我是鬼。」

卿宿宿大笑著，「你要是鬼，那找鬼母草做什麼？」

沐川微微挑眉，緊盯著她，「把妳變成鬼。」

「……救、救命啊。」

一落地，卿宿宿便感到腿有些發麻，她揉了揉小腿，試探地道：「大……咳咳，沐川，能不能送我回京城？」

「不能。」

「那我自己走回去吧。」卿宿宿見他沒有要阻攔的意思，邁開步子，走了幾步，無奈轉身，「京城該怎麼走……」

沐川失聲笑了笑，微微挑眉，「這裡離京城有四千七百里的距離，即使給妳指了方向，恐怕也得走上幾年。」見她愕然，他又道，「我還要去找鬼母草。」

卿宿宿弱聲道：「我陪你找，然後你送我回去？」

沐川彎了彎眉眼，「好。」

卿宿宿鬆了口氣，希望能在日落前找到。

只是那鬼母草似乎極難找，幾乎把整座山都翻過來了，也沒見他停下一步。

她喘著氣，腳掌都發腫了。

聽見後面的抽氣聲，沐川轉過身，「背妳？」

「不，我自己能走。」

他伸手過來，「天快黑了，手。」

卿宿宿皺著臉看他，「能在明天前回去嗎？」

「為什麼？」

「因為……」卿宿宿避開他灼熱的視線，「明天是我出嫁的日子。」話一落，見他面色又變了，嚇得想往後退，手卻被他握住了，「你、你幹嘛？」

沐川盯著她，字字道：「妳又忘得一乾二淨了，一千七百年，讓我獨自留著這記憶，妳倒是逍遙得很。」

「疼……」

沐川默了默，手卻不鬆開，字字道：「等妳想起來了，我也把魂魄丟掉，讓妳記得我，我不記得妳。」

卿宿宿撓撓頭，「我們認識？」

沐川瞪她一眼，「不認識。」

「……」

卿宿宿覺得再跟他多說幾句，他就要氣死了。

山路不好走，所幸沐川步伐穩健，卿宿宿不至於摔得鼻青臉腫，本來被他握了左手，現在自己也搭了右手上去，兩手抓住他，走得更穩當。而且夜一深，山裡傳來各種詭異的叫聲，嚇得她往他身邊縮。

旁邊的人突然停下腳步，卿宿宿壓低聲音問：「怎麼了？」

「在附近。」

「什麼在……」附近二字還沒說，剛才還站在她旁邊的人，已經不見了。「沐川？沐……川？」

不見回應，耳邊只有幽暗森林的野獸低吼聲。

她急忙往前尋去，喚著他的名字，卻聽不見回應。

沐川抓了鬼母草回來，見卿宿宿蹲在地上，指尖一碰，便感到她猛地抖了抖。

「宿宿。」

卿宿宿抬起頭，淚滿眼眶，「不要丟下我。」

他心頭顫了顫，俯身抱住她，「如果遲去一步，它會跑走，鬼母草萬年才出現一次，如果錯過這次……」

見她眼裡滿是淚水，身體也抖得不行，滿腦子解釋的話又吞回腹中。

無論如何……自己都不該把她獨自扔在這裡，畢竟她現在只是個凡人，如果剛才有野獸襲來……

他不敢再想下去了。

「宿宿乖，我們走。」

不等她回答，將她抱起，腳上一躍，在月下疾奔。

卿宿宿抓緊他的衣袍，看著雙目帶著疲倦的他，問道：「你到底找它幹嘛？」

沐川抿緊了薄唇，並未回答，直到見到一處空地，才落了下去。

卿宿宿坐在一旁看他伸指，對著鬼母草放了半日藍光白光紅光，驚愕道：「你真的是鬼！」

沐川抿唇，真是被人賣了都不知道，見她眼裡沒了怯意，說道：「這天門山是神鬼交界處，恐怕待會就有人過來了，妳乖乖待著。」

卿宿宿連忙拉住他的衣袖，「你又要走嗎？」

沐川頓了片刻，「我去取泉水。」

「帶我去。」

帶著她去，速度會慢下許多，如果以他那樣比風還快的行動，恐怕她會受不了，只是不能再扔下她了。

他順勢滑過她的腰間，一把將她抱起，裹在長袍裡，往山泉趕去。

卿宿宿緊張地環住他的腰，從衣袍縫隙侵入的風依然冷冽，可是隱約感覺這人有很重要的事要做，她哆哆嗦嗦咬著牙沒有吭聲。

等沐川停下步子時，便見她整張臉已經凍成紫色，他忙渡了一層火靈咒給她暖身。

「為什麼不喊冷？」

卿宿宿沒好氣地看他一眼，難得她這麼替人著想，何必那麼生氣嘛。她不答話，抱膝坐著，不理會他。

許久不見他出聲，忍不住抬頭看去，那俊美的臉已到眼前，雙唇覆上，和他身體一樣，唇也是微涼的。

身體下意識後退，腦袋卻被他伸手掌住，唇間溫度越發逼近，軟舌追逐而來，壓得她快要窒息了。

等她真的快斷氣時，他終於離開了，抹掉唇上被她咬出的血跡，「宿宿，妳不能嫁給別人，因為妳和我已經拜過堂了。」

卿宿宿覺得這人又無理起來，「如果我不回去，違抗皇命，會連累族人的。」

沐川淡聲道：「讓狀元郎先暴斃就行了。」

卿宿宿愕然，「你要做什麼？」

沐川不答，將地上的一塊泥土化了人，沉聲道：「告訴沐音，我已經找到宿宿，讓他自己解決一切。」

只見土人搖搖擺擺走了兩步，便化進了土裡。

「這樣妳就放心了吧？」沐川笑了笑，伸手將鬼母草放入泉水中，緩聲道，「上神老兒告訴我，這處泉水是妳當年修仙時待過的地方，將它放在此處浸泡，更有助於妳的仙骨成形。如果不是當初以妳的下落作為交換，我定不會再讓妳成仙，直接渡鬼氣給妳。」

「那個……」卿宿宿咽了咽，艱難道，「我聽不懂。」

「把手伸出來。」

這人又凶起來了……卿宿宿委屈地伸出手，鬼母草一放在手上，一股冷意立刻蔓延，她剛想縮回手，卻被他握住，將草生生摁入掌心。

卿宿宿此刻的感覺是，有一大圈鞭炮在她體內劈里啪啦放著，又痛又難受。

沐川緊緊攬住她，興許是見她疼得都抽搐了，終究狠不下心，咒術一出，鬼母草又爬出體內。

卿宿宿哭道：「壞人，要殺我就直接殺吧，不要折磨我。」

「它可以讓妳恢復記憶，可以讓妳的仙骨……」

「我不要。」

她嗚咽哭著，別人都說她奇怪，這人卻比她更奇怪。

沐川默了半晌，把她緊緊圈在懷裡，附耳道：「我怕妳又再喜歡上別人，我不想再等上那麼久。」

他只是忘不了，當初分開一千年，用了魅惑咒，從她嘴裡喊出的，卻是別的男人的名字，只有恢復記憶，才能讓他放心。誰又能保證，這一世沒有記憶牽絆的她，是不是會依舊選擇他。

不可一世的鬼王，竟然會擔心這個，連他自己都覺得可笑。可這鬼母草入體的痛楚，對於一個凡人來說，似乎超過負荷了。

那便慢慢來吧。

卿宿宿聽到他微微不成調的聲音，心中一顫，從他懷裡出來，看著他，淚水浸滿了眼，總覺得這人似曾相識。

似乎在她很小的時候，有人曾對她說過類似的話。

「我找了妳七百年，妳終於捨得出現了嗎？宿宿。」

「又過了一個七百年，妳還想逃嗎？」

她伸手去觸他的臉，她一直以為那是個夢，原來不是。她總跟別的孩童說有人在等她長大，長大後會娶她，原來不是她一時恍惚說的。

只是長大後漸漸淡忘，現在記憶被喚醒，卻有了些許生氣的意味，「你早就找到我了，為什麼現在才出來？」

沐川緩聲道：「我一直在等妳長大。」

卿宿宿忽然想到以前每次被人欺負、受傷前，總會有許多奇怪的事發生，這下她全懂了。

天邊似乎有聒噪聲傳來，沐川站起身，「天兵來了，我送妳回去。」

卿宿宿站起身，見他提步要走，伸手拉住他的衣袖，說道：「沐川。」

他轉過身，只見那掛著淚痕的俏麗女子面上泛起紅暈，小聲地道：「我已經長大了。」

他微微一愣，四目相對，不見半分閃躲，他稍稍屏氣，說道：「再嫁我一次，宿宿。」

尾音落下，卿宿宿點了點頭，這一定是她出生以來，做過最重大的決定。手已被他握住，抬頭看去，心中的些許不安早已消散，無論今後如何，她都不會後悔。

攜手三生，三世不離。

——番外《再定三生》完

輕世代
FW138
1
「殿下，請用餐。」
以審判為名，魔物的掠食盛宴即將展開——
晉江文學城話題之作，積分突破 4000 萬！！
知名作者 YY 的劣跡 × 當紅人氣繪師 水々
聯手打造華麗奇幻物語
滅世審判
第一審 嫉妒
在絕大多數人畢業即失業的年頭，
俊美的魔物管家找上了王晨，為他提供一份好工作——魔王候選。
有些先天缺心眼的他，就這樣變成了人類公敵。
七位魔王候選人，將共同裁決人類墮落的靈魂，
而捕食，即為審判。
嫉妒、懶惰、貪婪、傲慢……
每一次審判之後，人類是步步逼近滅亡，還是僥倖逃出深淵？
死亡不是罪惡，生存也並非賞賜，
請看滅世前最後的審判——
2015 年 4 月 審判開始
三日月書版
YY的劣跡 著 水々 繪

輕世代
FW159

末裔之書

橙子雨 著
沉菫 繪

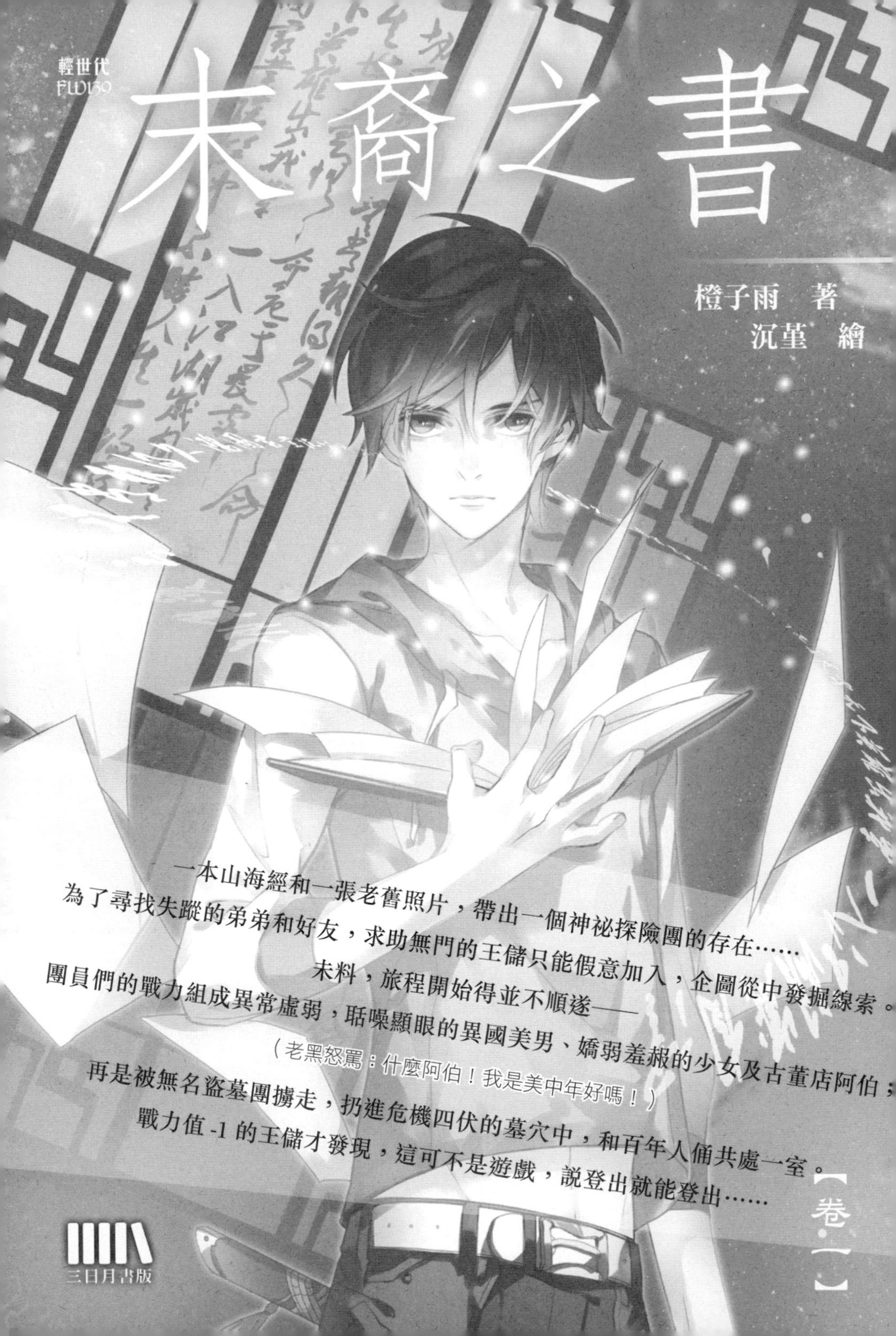

一本山海經和一張老舊照片，帶出一個神祕探險團的存在……
為了尋找失蹤的弟弟和好友，求助無門的王儲只能假意加入，企圖從中發掘線索。
未料，旅程開始得並不順遂——
團員們的戰力組成異常虛弱，聒噪顯眼的異國美男、嬌弱羞赧的少女及古董店阿伯；
（老黑怒罵：什麼阿伯！我是美中年好嗎！）
再是被無名盜墓團擄走，扔進危機四伏的墓穴中，和百年人俑共處一室。
戰力值 -1 的王儲才發現，這可不是遊戲，說登出就能登出……

【卷一】

三日月書版

高寶書版集團
gobooks.com.tw

輕世代 FW147
重生君的忙碌日常02

作　　者　一枚銅錢
繪　　者　麻先みち
編　　輯　林思妤
校　　對　林紓平
美術編輯　林家維
排　　版　彭立瑋
企　　畫　林佩蓉

發 行 人　朱凱蕾
出　　版　英屬維京群島商高寶國際有限公司臺灣分公司
　　　　　Global Group Holdings, Ltd.
地　　址　臺北市內湖區洲子街88號3樓
網　　址　gobooks.com.tw
電　　話　(02) 27992788
電　　郵　readers@gobooks.com.tw（讀者服務部）
　　　　　pr@gobooks.com.tw（公關諮詢部）
傳　　真　出版部　(02) 27990909　行銷部 (02) 27993088
郵政劃撥　19394552
戶　　名　英屬維京群島商高寶國際有限公司臺灣分公司
發　　行　希代多媒體書版股份有限公司/Printed in Taiwan
初版日期　2015年6月

國家圖書館出版品預行編目(CIP)資料

重生君的忙碌日常 / 一枚銅錢著.-- 初版. -- 臺北市：高寶國際, 2015.06-
冊；　公分. --

ISBN 978-986-361-166-0(第2冊：平裝)

857.7　　104004353

原著書名：《重生你妹啊》，由北京晉江原創網路科技有限公司授權出版。

三日月書版

三日月書版

GOBOOKS
& SITAK
GROUP ©

GOBOOKS
& SITAK
GROUP©